文芸社セレクション

# 私が歩んだ道

## ―人工透析のベッドから―

水落 統一

MIZUOCHI Touichi

文芸社

目次

1 はじめに……9
（1）背景・動機……9
（2）両親・姉への後悔の念……13
（3）人生の意義の確認……16
2 私の経歴……17
3 幼児期……20
（1）食事風景……21
（2）馬、牛、ヤギ、鶏がいた……22
（3）「堀干し」と魚の燻製つくり……23
（4）餅つき……24
（5）お祭り……25
4 学生時代……27
（1）小学生時代……27

(2) 中学生時代 …… 34
(3) 高校生時代 …… 42
(4) 浪人生時代 …… 47
(5) 大学生時代 …… 48
5 社会人時代 …… 56
(1) 日立製作所時代 …… 56
(2) 日立電子サービス(電サ)時代 …… 63
(3) クリエイティブ・ソリューション(CSC)時代 …… 68
(4) 九電ビジネスソリューション(QBS)時代 …… 70
(5) 大阪学院大学 非常勤講師時代 …… 73
(6) 保険調査員時代 …… 76
6 住んだ地域 …… 79
(1) 横浜市戸塚区和泉町 …… 79
(2) 名古屋市栄区 …… 84
(3) 神奈川県平塚市田村 …… 87
(4) 神奈川県二宮町 …… 92

(5) 神奈川県平塚市宮松町 …… 95
(6) 福岡市西区今宿 …… 98
(7) 大阪府東大阪市 …… 102
(8) 香川県高松市 …… 108
(9) 横浜市戸塚区東戸塚 …… 113
(10) 横浜市中区小港 …… 115
(11) ふるさとへ（福岡県大川市） …… 118
7 趣味 …… 121
(1) 乗り物 …… 121
(2) 観光地・旅行 …… 126
(3) 本・読書（好きな本） …… 136
(4) 演歌・プロ野球・好きな〝ことわざ（諺）〟 …… 141
8 家族との思い出 …… 149
(1) 私を育ててくれた家族（父・母・姉） …… 149
(2) 私を助けてくれる現在の私の家族（妻、長男、長女） …… 159
9 親戚との思い出 …… 165

（1）父方の叔父、叔母、いとこ……165
（2）母方の叔父、叔母、いとこ、他……172
10 お世話になった人々……176
（1）学生時代……176
（2）社会人時代……179
（3）地域の人々……180
（4）（高邦会）高木病院……181
11 人工透析になって思うこと……184
（1）反省（悔い）……184
（2）感謝……186
（3）不安……189
（4）希望……191
12 あとがき……195
13 引用・参考文献……200
14 付録（好きな歌の歌詞）……201

# 私が歩んだ道

—人工透析のベッドから—

# 1　はじめに

## （1）背景・動機

私が尊敬する福岡県八女市出身の作家「五木寛之」氏が作詞された「夜明けのメロディー」（付録204頁参照）という歌がある。私は現在72歳と8ヶ月である。今の私の心境はこの歌詞に似ている。私のつたない、この本を読まれるに当たっては、この歌詞を先に読んで戴きたいと思う。この歌が本書作成の要因の一つであり、特に「すてきな思い出だけ　大事にしましょう」というフレーズが印象に残っている。

私は、昨年（2019年）1月初めから、週3日（火曜日、木曜日、土曜日）福岡県大川市にある（高邦会）高木病院の人工透析室に通っている。原因は難病の血管炎からくる急性腎不全である。透析日の朝8時頃に通院専用に購入した白色の軽貨物（ホンダNVAN）で自宅を出て、4時間位透析を受ける。看護師さんの透析の準備作業（血圧測定、器具の取り付けなど）および透析終了後の後処理、さらに私の着替えなどでさらに1時間くらい掛かる。私は、今のところ人工透析以外の時間は自立した生活が出来ている。

私が通っている病院の透析室はかなり広い。ざっと170人位の患者が透析を受けていると思われる。透析は午前の部、午後の部がある。私は午前の部である。さらにこの病院は別の部屋や、別の建屋にも透析設備があるらしい（夜間用？）。

私は透析患者の一員になって透析治療の現実の一端を目にすることができた。看護師さんには大変感謝している。私は透析の終わりには必ず、「ありがとうございました」、「お世話になりました」と看護師さんに小声で言っている。せめてもの感謝のあかしである。看護師さん達は透析用の注射針（2本）を腕に刺す時「お願いします」と言い、透析終了時は私にむかって「お疲れさまでした。気をつけて下さい」と言ってくれる。ありがたいものだ。また高額な医療費は殆ど補助されて自己負担はない。まさに感謝しかない。

当たり前のことだが、私が見る限り健康そうに見える患者さんは少ない。顔色は土色で浅黒く、杖をついている人、車椅子での送迎を利用している人、痩せ細った人、体を折り曲げベッドにちぢこまっている人、うつむき加減に歩く人が目に付く。私は受付（体温、体重測定）を終えて、中央通路を通り、私の透析ベッドに向かう。この途中、私はいつも「いずれ私も皆さんのようになる宿命です」と覚悟しながら歩いている。できればこうなる前に別の病気でポックリと苦しまず死にたいと思いながら……。

透析ベッドでは小さなテレビを見ることができる。4～5時間位ベッドで寝ている身にはありがたいと感謝している。しかし、私は今後、時間を有効活用すべきだと考え始めた。そこで、私は、自立して生活できる今の時間をいかにして長く維持するか（介護など他人に援助される時期をいかにして先延ばしするか）を考え始めた。

これを考える時間として透析の時間を有効に使おうと考えた。そこで思いついたのは以下の二つのことである。一つ目は身体を動かすことからである。幸い、我が家には広い庭と多くの植木、それと畑がある。天気が良い日は、草むしり、草刈り、植木の剪定・片付け、家庭菜園などをして、無理がない範囲で身体を動かす。雨の日は室内でウォーキングマシン、ストレッチマシンで身体を動かす。これは、それぞれ約20

分ずつ、合計約40分行っている。

二つ目は頭を使うことである。私は、このためにどうするかを考えた。透析ベッドでは、手足も動かせない。したがって本、雑誌は読めない。また文書も書くことはできない。できるのは頭の中でいろいろ考える（脳を動かす）事だけである。そこで、私はベッドの上で、生まれてからの私の生い立ちを過去の記憶をたどりながら思い出すことを考えついた。これは脳の活性化に役立つと判断し具体的に実行に移そうと思った。

そこで私は、単に思考するだけでは思いつきはまぬがれず、網羅性がない。記憶（思い出）を体系化して記録（文書化）に残そうと考えた。そして「思い出」につながる項目を一覧表に纏めた。こうすれば網羅性や進捗状況を見ることができる。また、透析の日に「今日はベッドでこの項目を考えよう」という日々の目標にもなると考えた。文書に残せばいつでも、どこでも読むことができると思う。将来、人工透析でなく他の病気で入院した場合や介護施設のお世話になったときでも頭と眼さえしっかりしていれば読むことができ、残り少ない人生のなかで過去の思い出に耽ることができると思う。

## （2）両親・姉への後悔の念

私には5歳上の姉が一人いる。姉は読書家で学業成績も優秀で、大学に進み教師になりたいと考えていたようである。しかし当時の我が家の経済状況ではその余裕はなかった。

そこで姉は不本意ながらも、柳川市にある福岡県立伝習館高校卒業後は佐賀銀行の大川支店、柳川支店に勤務していた。姉は23歳の頃中学時代の同級生と結婚して三重県鈴鹿市に行ってしまった。そのとき私は高校3年だった。

私は、姉と同じ伝習館高校に通い、姉の勧めで、大学に進学することにした。大学は自宅から通えてお金が掛からない国立大学（佐賀大学）に進学することができた。私は大学卒業まで実家で過ごした。卒業して神奈川県にある日立製作所の工場に就職して23歳で実家を離れた。昭和46年（1971年）のことである。

その後、両親は亡くなるまで2人暮らしである。姉は昭和59年（1984年）大川市から遠く離れた三重県鈴鹿市で42歳という若さで病死した。2人の娘がいた。それぞれ中学生、高校生になったばかりである。姉は結婚後大川市の実家に帰省したのは1回だけである。姉は痛みにたえる病床のベッドで、残していく二人の娘の将来に対する不安で一杯だったと思う。さらに、父母および生まれ故郷・大川市への望郷の念は如何ばかりだったろうか。姉は、その性格上、自分の子供達が自立したら年老いた自分の両親の助けになろう（介護）と考えていたと思う。

私は両親とは23歳まで一緒に暮らした。姉とは18歳まで一緒に暮らした。しかし、私は、まともに父母、姉と会話した記憶がない。そのため父、母、姉がどう生きたか（学校、戦争、戦後の生活や何を考え、何に悩み、何を喜んだのか等）全く分からない。勿論、親子喧嘩、兄弟喧嘩などをした記憶もない。

父は姉の死から4年後の昭和63年（１９８８年）、75歳で病死した。父は、私が日立製作所に就職したことを喜んでくれた記憶がある。その理由は、父自身も田舎に埋もれるのではなく、「できれば東京で仕事したい」と考えていたフシがあるからである。

私は、年老いた父が闘病時、神奈川県にいた。介護は年老いた母にまかせっきりだった。母はその後、一人で気強く耐えて生き抜いてくれた。

その母は父の死から12年後の平成12年（２０００年）に老衰で死亡した。85歳だった。母は姉に続き、私まで遠くに就職していくことに反対であった。教師か市役所に就職して近くにいてくれる事を希望していた記憶がある。

私は、母が亡くなるときも神奈川県にいた（臨終には立ち会えたが……）。母の介護も出来なかった。母はさぞ心細かっただろうと思う。一時、母を同居すべく呼び寄せたこともあったが、都会の狭い家での生活にはなじめず帰って行った。親の介護と仕事の両立はむつかしい。

私は、今、姉・両親に申し訳ない気持ちで一杯である。毎日財布の中の写真を見て詫びている。私は父、母、姉のことを知らなさ過ぎる。皆やさしく本気での議論や喧嘩などは一切せずに過ごしてきたせいかもしれない。今の私は、これが悔しい。生前にもっと話をして聞いておくべきだったと後悔している。この反省として、本書を通して、今の私の家族には私の生き様を知って貰いたいと思う。そしてお世話になった人々に感謝したい。

## (3) 人生の意義の確認

人間は自分の寿命が見えたとき、「自分の一生は何だったのだろう」と考えると思う。死ぬ間際になってでは財産、地位、名誉、見栄などは全く意味がない。「自分の人生に悔いがあるか、ないか」が大きな意味を持つと思う。大きな悔いもなく、法律にもふれず、他人から指をさされることもしていなければ安らかに永眠できると思う。では、「悔いがあるか否か」は何をもって判断するのだろう。私は、その手段として本書が役立つと考えた。本書で「自分が歩んだ道」を振り返れば自分の一生に意味があったと感じるか、後悔ばかりと考えるか見極めがつくと思う。

# 2　私の経歴

## 2.1　学歴

(1) 昭和22年　1947年12月1日生まれ
(2) 昭和29年　1954年4月　福岡県大川市立木室小学校入学
(3) 昭和35年　1960年4月　福岡県大川市立木室中学校入学（卒業時は大川東中学）
(4) 昭和38年　1963年4月　福岡県立伝習館高校入学
(5) 昭和41年　1966年4月　大学受験予備校（時習館）入校
(6) 昭和42年　1967年4月　佐賀大学理工学部電気工学科入学

## 2.2　職歴

(1) 昭和46年　1971年4月　日立製作所入社　23歳
① ソフトウェア工場……横浜市戸塚区

② 情報システム事業部……川崎市幸区新川崎
③ 全国統括本部……福岡、大阪、高松

(2) 平成12年　2000年8月　日立製作所退社、日立電子サービス入社（横浜市戸塚区）
(3) 平成14年　2002年4月　日立電子サービスの子会社（CSC）入社
(4) 平成16年　2004年9月　日立電子サービスに戻り早期希望退職で退社　56歳
**(5) 平成18年　2006年1月　横浜市中区小港町から福岡県大川市に戻る　58歳**
(6) 平成18年　2006年7月　九電ビジネスソリューション（QBS）に契約社員で入社
(7) 平成19年　2007年6月　QBS退社
(8) 平成19年　2007年6月　大阪学院大学　非常勤講師（6年間継続、1回／年）60歳
(9) 平成25年　2013年12月　「S社」（交通事故の保険調査会社）と受託契約翌年3月20日契約解除を申し出る。

## 2.3　業務歴

(1) 小型コンピュータの基本ソフトウェア開発
(2) 業務用アプリケーションソフトウェアの開発
① 金融機関向け（銀行、証券、保険の各社）
② 官公庁向け（地方自治体、防衛庁、取引所、電力会社など）
(3) ソフトウェア開発のプロジェクトマネジメントおよび監査

## 2.4　資格

経済産業省大臣による情報処理試験で以下の認定資格取得
(1) 特種情報処理技術者
(2) プロジェクトマネージャ
(3) システム監査

# 3　幼児期

私は昭和22年（１９４７年）12月１日、福岡県大川市中木室１０５番地で生まれた。大川市は福岡県の南部に位置し、有明海にそそぐ筑後川沿いにあり、見渡すかぎり稲作田んぼ風景が広がる。

父から聞いた記憶によると、私の生家は父が生まれた大正２年に建てられたようである。この家はかなり大きな２階建てで、１階には５部屋、２階は２部屋と倉庫があった。倉庫には畳の原料となる「い草」や稲の藁などが収められていた。この家は今でも現存し、「いとこ」がこの家を守ってくれている。

私はこの家で「３家族」が一緒に暮らす環境で育った。その理由は太平洋戦争の終戦直後という特殊な事情がある。父は６人兄弟（男４人、女２人）の次男として生まれた。そして男はすべて戦争に召集された。長男は戦死された。四男さんは養子として家を出られ、久留米市で自営業（医療器械）の販売をされていた。女性はすべて嫁いでおられた。

当時、私の父の家族と、父の弟さんの家族、そして未亡人となられた長男さんの奥さん家族、この3家族が一つの家で過ごしていた。ピーク時は確か15人〜16人ぐらいが共同生活していた。私は小学校を卒業するまでここで暮らした。

私が中学生になる時、父が実家から歩いて10分位の所に小さな家を建てて、私達家族（姉が1人）4人はそこに引越して出て行った。父の弟さんが実家の跡を継ぐことになったようである。順番ならば私の父が継ぐべきだと思うが、弟さんの方が体力、技能面で農家に向いているということで、そういうことになったらしい。

こういう環境で幼児期を過ごした頃の思い出は以下のとおりである。

## (1) 食事風景

毎日、15人位が一緒に食事した。長いテーブルを2つつないだ食卓があり、父親と子供達が先に食べる。これだけ大人数だと喧嘩が起きそうだが、不思議とその記憶はない。水落家は伝統的に皆、おとなしく、やさしい血筋なのかもしれない。しかし、今振り返ると3家族の奥さん達は15年位同居していたことになり。ストレスは相当なものだったと想像する。どうしても自分の子供が可愛いのが人情であり、平等に扱うのは大変だったと思う。

食事で思い出すのは〝うどん〟である。夕食はおかずの一部として味噌汁茶碗に〝うどん〟が出された。この〝うどん〟作りは子供達が手伝いをさせられた。小麦粉に水を注ぎこねたものを、茣蓙（ござ：畳）ではさみ、これを足で踏み固めて大きな餅のような形にする。それを手回しの製麺機に通し〝うどん〟を作る。これを薄い醤油味の熱いつゆで食べる。今から考えると素朴だが美味しかった記憶がある。私は今でも〝うどん〟が大好きである。それはこの体験からかもしれない。それもシンプルな〝ワカメうどん〟がいい。また、たまに食べた冷凍鯨も忘れられない。

## (2) 馬、牛、ヤギ、鶏がいた

実家には馬小屋、牛舎、鶏小屋があった。稲の藁や草を餌として与えていた記憶がある。また田すきのために牛が使われていた覚えがある。馬はすぐにいなくなった。

牛はトラクターが導入されたらいなくなった。ヤギは数匹いた記憶がある。草や紙を食べさせ、ミルクを採っていたようだが、私は飲んだ覚えはない。鶏は10羽位いた。時々、鶏小屋に入りタマゴを採りに行かされた記憶がある。今から思えば貧しいが自然と共生した生活だった。ちなみにタマゴは貴重品で病人、年寄りが優先され子供には殆ど回ってこなかった。ただ、鶏を食用にするため肉を切断する際、鶏のお腹に黄色の小さな卵が数個とれることがある。これは何回か食べた記憶がある。

## (3)「堀干し」と魚の燻製つくり

実家の田んぼの周りには、稲作用の堀割（用水路）が縦横に張り巡らされていた。この用水路にはフナ、鯉、うなぎ、雷魚、小エビなどがたくさんいた。秋の米の収穫が終わると堀割の水は少なくなる。そして12月半ばになると「堀干し」が近所の人達と共同で行われる。これは堀割の両端を堰き止め、堀割の水を抜き、魚類を一網打尽で捕らえるものである。

その後、水底に溜まった汚泥はベルトコンベアみたいな機械で田んぼに汲み上げられる。この汚泥は豊かな養分を含んでおり田んぼの土の改良になる。この行事は3つの効果がある。第一は正月用の食料として魚の採取、第二は田んぼの土の改良、第三は掘割を深くし、水質の改善が図れることである。貧しかったが自然とともに生きた先人の見事な知恵である。私は泥に埋まりながら必死で魚を追っていたことをよく覚えている。

「堀干し」で捕獲した魚は近所におすそ分けとして配られる。配るのは子供の役目である。そこで配った先の人から御礼（僅かなお金）を戴くことがある。これは嬉しかった。残った魚は水槽に入れてしばらく生かされる。その後、この魚は保存食とするために炭火で焼かれる。この作業は「おばあちゃん」の仕事であった。家の中の土間で焼き、串刺しにして燻製のようにすべく、天井に吊るしてあった。これは料理のダシにしたり、煮たりして食べさせて貰った。非常に美味しかった記憶がある。お正月には鯛の代わりに鮒（フナ）の昆布巻きが一人ずつ出された。昔の農家は貧しかったが知恵と工夫でなんとか自給自足できていたと思う。

## (4) 餅つき

毎年、お正月が近づくと盛大に餅つきが行われた。かまど（竈）でもち米を蒸し、土間におかれた大きな臼でつかれた。何しろ3家族分である。数回に分けて臼でつかれた。出来上がった餅は畳表のゴザにひろげられ、皆の手で細分化し、丸く形作られていった。出来上がった丸餅はさらに、長方形の細長い木の箱にまとめられていた。また神様・仏様用のお供え用の餅は大きなものだった。これは子供から大人まで一体となった共同作業である。できたての「あんこ餅」、「きなこ餅」、「さとう醤油もち」は美味しかった。

## (5) お祭り

思い出に残るお祭りは2つである。一つは「さぎっちょ」といっていた祭りである。田んぼの中に10ｍくらいの高さに何本かの竹を組み上げ正月のお供えものなどを燃やすものである。私はあるとき祭りが終わって家に帰る途中で、夜の真っ暗な中で仲間とはぐれ、道に迷い帰れなくなった。この時は本当に恐怖と不安で心細かった。幸い家族が迎えにきてくれて助かった。

もう一つは近くの神社（中木天満宮）であったお祭りである。確か稲の収穫が終わった秋頃と記憶している。ここではお芝居、夜店があった。お芝居は1週間くらい開催していたと思う。私は、お芝居は1回しか見ていない。またその印象はあまり残っていない。記憶に残っているのは歌謡曲である。お芝居の期間は宣伝のためか、春日八郎さんの「別れの一本杉」という歌を繰り返し、繰り返しスピーカーで放送していた。この音は私の家からも聞こえていた。そのせいか、私はいつのまにかこの歌を覚えてしまった。いまでも1番目の歌詞とメロディーは覚えている。私が演歌を好きになったのはこのせいかもしれない。

# 4　学生時代

## （1）小学生時代

小学校は父の実家から30分くらいかけて一人で通学していた。何故か家族とか近所の同年代の子供達と通学していた記憶はない。理由は、今思うと私が遅刻しない範囲のギリギリの時間に家を出ていたからかも知れない。また通学路での思い出や自宅での勉強、教室での授業の思い出は殆どない。先生とかクラス仲間の記憶もない。この時代は、私にとって面白い時代ではなかったかも知れない。

### ①　農作業の手伝い

父の実家は農家であり、米、麦、「い草」を作っていた。その他、あぜ道や畑にキャベツ、小豆、サトウキビ、大豆などが植えられていた。私といとこは家にいる時は微力ながらいろんな手伝いをした。米の田植え、水田の草取り、稲の刈り取り、脱穀時の稲の運び、収穫した米や稲藁のリアカーを使っての自宅への運搬、その後の天日干し、さらには麦踏み、い草の天日干し／取り入れ、キャベツなどの畑への施肥（糞便もある）などである。なかでも印象に残っているものは2つある。

1つは水田への水やりである。これは田んぼの下の用水路（堀）から、長いポンプと電動機（モーター）使って水を汲み上げ水田に給水するものである。このポンプとモーターは自宅から田んぼまで、その都度、いとこと2人で肩にかけて運ぶ。これが重く、肩が痛いので、途中で休みながら運んだ。

2つ目はい草の天日干しである。い草は正月前の寒い時期に植え付けし、夏の暑い時期に収穫される。い草は収穫したあとすぐに泥染めされる。その後、何日間か天日干しされる。天日干しは一抱えの束にして扇形に薄く広げられる。これを4日から5日繰り返し乾燥させるものである。この作業で困難なのは夕立など突然の雨である。雨に濡れるとい草は台無しである。この時は一家総出で取り入れた。これは何故か強く記憶に残っている。

楽しい思い出もある。それは「ゆうじゃのこ」である。これは一種のおやつである。15時頃に自宅から農作業をしている田んぼへお茶と一緒に運ばれてくる。日によって内容は変わるが「ふなやき」（今でいうパンケーキ）、「ぼたもち（おはぎ）」、たまに竹の葉で包んだ「ちまき」もあった。これを田んぼで農作業している全員でお喋りしながら食べる。味は別にしてなつかしい思い出である。当然、私も自宅から田んぼへ持参させられたことがある。

## ②　遊び

この頃の遊びで印象に残っているのは、魚とり、近所の子供達との遊び（ソフトボール、缶蹴り、ラムネ玉打ち、ぱち（めんこ）、陣取り合戦、将棋、トランプなど）である。私は、そのなかでも魚に関することが印象深い。またザリガニ捕りも面白かった。魚とりの遊びの種類を以下に示す。

・まず手製の釣竿での魚つりである。田んぼのそばの堀ではフナを中心として、たまに鯉、うなぎが釣れた。餌のミミズを探し、針につけて、4～5本くらいの竿を堀にたらす。水面のウキがピクピク上下すると魚が餌を食べかかっている。タイミングを計って竿をあげる。これが早すぎると魚に逃げられる。慣れるとウキの動きでタイミングが分かるようになる。首尾よく魚が掛かったときの手ごたえと達成感は忘れられない。

・次は竹かごによる生け捕りである。40㎝四方の立方体の竹かごの底にうすく泥を塗りつけ、その上に臭いのある餌（「米ぬか」や「さなぎ」を乾燥させてすりつぶしたもの等）を敷いておく。そして夕方になると、それに紐をつけて堀に沈めておく。竹かごは四方の一箇所から入れるようになっていて、外からは進入できるが、一旦中に入ったら外に出られない構造のものである。そして翌朝早起きしてこれを引き上げに行く。竹かごには大小数匹の魚が入っていた。竹かごを引き上げる時の緊張感と期待感は忘れられない。

・同じく道具を使った手法として「うなぎウケ」を使ったものがある。これは50㎝くらいの竹を細く切ったもの（竹ひご）を円筒形にして片方からだけ進入でき、一旦中に入ったら外に出られない構造のものである。餌はタニシをつぶしたものやドジョウなどである。夕暮れに、これを「うなぎウケ」に入れ、ロープをつけて3～5個を堀に沈める。翌朝、早起きして引き上げに行く。「うなぎ」はフナなどの魚に比べると高級だったので捕まえたときは興奮したものである。よく捕れたときは3～4匹とれたこともあった。

・最後は「魚突き」である。4mくらいの長さの「竹ざお」の先にモリをとりつけた道具を使って土手の上から、そっと近づいて堀の水面に浮かぶ魚（大きいフナが多い）を狙い撃ちするものである。大体は魚に逃げられたがたまに魚に刺さり捕らえることができた。これは、まず水面に浮いている魚を発見するのが難しい。そしてモリを投げるタイミング、方向、力の入れ方が難しい。そのせいか魚を射止めた時の達成感は魚釣りより大きかった。

### ③ 果物、食用植物

小学校時代を過ごした父の実家にはいろんな果物の木が植えてあった。果物には柿、ミカン（普通のミカンと大きなザボン）、ビワがあった。柿は10本くらいあった。これは甘柿と渋柿があった。渋柿の方が多かったと記憶している。長い竹ざおを使って枝から切り離して落下させて収穫する。甘柿はすぐに皮をむいて食べる。渋柿は皮をむいて、5個位を紐で結び縁側に吊るして天日干しにして正月頃に食べた。いずれも甘くて美味しかった記憶がある。当時は今みたいに市販のお菓子はめったに買ってもらえず貴重な食べ物だった。

柿は量が多く、一番印象に残っているが、その他の果物（ミカン、ビワ）も記憶に残っている。ビワは2本しかなく皆で取り合いになったような気がする。これは特に美味しかった。畑の食用植物はサトウキビとトウモロコシがある。これらは田んぼのあぜ道に植えられていた気がする。サトウキビは硬い皮を剥いで食べる。しかし、美味しくはなかった。

自然の食用植物としては掘割の土手の雑木林に自然に生える「グミ」、「野いちご」、「椎(シイ)の実」がある。また堀の水中に生える「ヒシの実」、「レンコン」もあった。「ヒシの実」は水草の様なものに生える、1㎝くらいの三角形のとげがある実である。栗のような食感があり、とても美味しかった記憶がある。「レンコン」は掘割の泥の中から掘り出す。途中で折れないように注意して、全身泥だらけになりながら必死で掘り出した記憶がある。

## ④ 病院通い

小学生時代の私は、母に連れられて病院に通っていた記憶がある。一つは皮膚科である。早朝に家を出て、西鉄電車の徳益駅（柳川駅の1つ大牟田寄り）まで通った記憶がある。駅から病院までとぼとぼ歩いた記憶がある。また電車の中では、母の手作りの弁当を食べた記憶がある。病名は分からないが顔や頭に吹き出物ができたりしていた記憶がある。電車での病院通いは2～3回あったと思う。何故かこの風景は記憶に残っている。母は当時どういう思いで私を連れて遠い病院まで通ってくれたのだろうか。今から思うと申し訳なく感謝しかない。

このせいか、私は、時々、学校で友達から「かさはち」（吹き出物）とからかわれた。これは嫌な思い出である。いつ頃まで皮膚病が続いたかわからないが、自然と治癒していた。

もう一つの病院通いは眼科である。どういう病気だったが忘れたが、目やにが出て眼が腫れぼったかったような記憶がある。こちらは大川市にあった小野眼科である。ここは最初は母と行ったと思うが記憶にない。自分ひとりで何回か通ったことはよく覚えている。何故か広い待合室の風景は記憶に残っている。こちらもいつの間にか治っていた。

### ⑤　運動会

秋の運動会の思い出に残るのはお昼の弁当のシーンである。小学校の校庭に地区単位にテントが張られた。私の地区は〝初田〟と呼ばれていた。その中に茣蓙（ござ）を敷き、各家庭が持ち寄ったお弁当を食べる。私の家族は3段あるいは5段の重箱であったと思う。その中には、おにぎり、たまご焼き、キンピラゴボウ、野菜の煮物、さつま揚げ（当時は〝てんぷら〟と呼んでいた）、竹輪、蒲鉾などがあり、普段の日常生活では食べることができないおかずが入っていた。そして柿、栗などの果物もあったような気がする。その意味では正月にしか食べられないものが食べられ、非常に美味しかった記憶がある。今思えば幸せな時間だった。

当時は家族が外で食事する機会などなかった。今は、外食、キャンプ、自宅でのバーベキューなどが出来るが、当時は貧しくそういう機会は全くなく、これは貴重な思い出である。

## (2)　中学生時代

小学生の間は父の実家で、3家族共同の生活環境で過ごしたが、1960年4月、中学校に入学してからは、父の実家から歩いて10分くらい離れた所に家族４人で引越した。その家は父が分家のような形で実家を出て建てた小さなものである。この家は１９９５年頃、全面的に改装したが、今でも現存している。私はこの家で中学入学から大学卒業まで、約10年間過ごした。

中学校は小学校の隣にあった。自宅から歩いて20分の所である。１学年は４クラスあり、１クラスは55人くらいいたと思う。私は中学でも、朝は一人で通学していた。帰宅時は同じ方向の数人の友人とじゃれあいながら帰宅していた記憶がある。また当時は貧しく、まともな靴や靴下などなく、冬は手足が冷たかった記憶がある。〝しもやけ〟で手が赤くなりふくらんでいたこともある。前にも述べたが、私は生まれてから小学生の間は病気がちで、どちらかと言えば、虚弱体質で病院に通うことが多かった。しかし、中学生になったら不思議と病気しなくなった。そして学校を休むことはなくなった。

## ①　テレビ

中学生になった頃、自宅にテレビが入ってきた。それまでは近所の子供達が集まり、裕福な家でテレビを見せて貰っていた。その頃は「プロレス」、「相撲」、「怪傑ハリマオ」、「月光仮面」などを見ていた。我が家にテレビが導入されてから、私は、家にいる時は夢中になってテレビばかり見ていた記憶がある。当時の番組はアメリカのものが多かった。「名犬ラッシー」、「ローハイド」、「ハイウェイパトロール」、「逃亡者」などを思い出す。日本ものでは「てなもんや三度笠」、「水戸黄門」、「大岡越前」、「ロッテ歌のアルバム」、「お笑い3人組」、「ジェスチャー」、「7人の刑事」もよく見ていた。現在みたいな「ひなだん芸人」の番組はなかった。

当時のテレビは画面は白黒で画素も粗くぼやけていたが画期的であった。それまでは家での娯楽といえばラジオ、漫画くらいしかなかった。映画もめったに行けない時代である。自宅にいながら寝そべって、毎日、映画を見ているような生活が実現したのである。

私はテレビに夢中になった。しかし、父、母、姉は殆どテレビは見ていなかったような気がする。一緒に見ていた記憶がないのである。テレビの番組の内容で話し合った記憶も皆無である。

一方で両親は、「テレビばかり見ないで勉強しなさい」と言って、私を叱った記憶もない。テレビばかり見ている私は、いくら注意しても効果がないと諦めていたのかもしれない。

　私は試験直前以外は勉強した記憶がない。今、ある評論家が言った言葉を思い出す。それは「テレビは1億人（日本人）を白痴化させる」というものである。私は当時白痴化していたのかもしれない。反省至極である。もっと勉強しておけばよかった。

### ②　剣道

　私は小学生時代、虚弱体質でかつ運動神経もにぶかった。しかし、何故か中学の3年間剣道部に入っていた。当然万年補欠であった。試合で勝った記憶もない。きつい練習で思い出すシーンは以下のようなことである。
・頭に被った面の中の頭から汗が出る。汗をぬぐおうとして面の中に指を入れるが顔まで届かない。また、非常に汗臭い。これはきつかった。
・練習は夏休み、冬休みもあった。このためわざわざ自宅から出て行くことになる。特に冬は寒くかつ素足が冷たく辛かった。自宅を出るのは勇気が必要だった。
　この3年間のおかげで私は精神的にも肉体的にも少しは成長できたものと感謝して

いる。

③ 修学旅行

中学3年生だったと思うが修学旅行で宮崎県（鵜戸神宮）、大分県（別府）に行った記憶がある。私は観光地の風景、旅館での遊び、電車の中の遊びなどは殆ど覚えていない。強く覚えているのは、1日目の旅行途中で「旅行鞄のチャックが壊れたこと」である。このため鞄が閉まらず、その後は先生に相談して紐でくくって過ごした。これは恥ずかしかった。これ以来、私は旅行鞄には万が一のことを考えて常に紐（ロープ）を入れている。

④ 弁当

小学生時代は給食だったが、中学生時代は3年間ずっと自宅から弁当持参だった。この弁当で思い出すのは冬季の「弁当温め」である。これは、横100cm、幅50cm、高さ5cmくらいの箱に皆が持ち寄った弁当を各自入れる。この箱の底には、金属の網が敷かれていた。これをストーブの上に置いて温める。午前中の授業が終わると各自箱から取り出し食べる。

弁当の味とかおかずなどの記憶は殆どないが、弁当のおかずで多かったものは、昆布の佃煮、きんぴらごぼう、高菜の漬物、ご飯の上に貼り付けた海苔、キュウリ、大根の漬物などである。たまに鯖、鰺の炒めもの、卵焼きがあった。そのときは嬉しかった記憶がある。

## ⑤　成績順の掲示

私が通った中学校では中間、期末など定期テストの後には廊下の教室側の窓の上に、成績順に氏名が貼り出された。左から右へ成績順に氏名がずらっと黒ずみの字で書かれていた。今なら差別とか個人情報で問題になると思う。私はこれが嫌で堪らなかった。なんでこんなことをするのだろうと学校を恨んだものである。私は試験が終わるといつ貼り出されるのか不安だった。その理由は友達に知られるのが嫌だったからである。私は成績の良し悪しによらず、いろいろ言われるのが気に食わなかった。いい成績のときは「まぐれ」、「狙いが当たっただけ」、悪い成績の時は「それが実力」とか言われる。ちなみに私の学業成績はいつも安定せず、上下ジグザグだった。これは3年の入試まで同じ傾向だった。

## ⑥　先生に褒められたこと

３年間の中学生活で担任の先生から1回だけ皆の前で褒められたことがある。それは1年になったばかりのことである。ある時、担任の先生が「自宅でどういう勉強をしているかを書いて提出しなさい」という課題を出された。私は自宅ではテレビばかり見て、宿題以外は殆ど勉強していなかった。しかし、担任の先生からの課題に対して以下のようなことを書いて提出した。

その内容は、「私は時間割を勉強机の壁に貼り付け、毎日予習・復習している」みたいなことだったと思う。今になって考えると恥ずかしさで一杯である。しかし、担任の先生はこれを信じ、クラス全員の前でこれを紹介し、私を褒め、見習うように指導したのである。私は誇らしさより恥ずかしさで一杯であった。褒められたのはこれ1回だけである。そのため記憶に残る。

## ⑦　高校受験

高校受験を控えた年の暮れ、私は志望校を決める時期になった。当時、私の成績は相変わらずジグザクの上下を繰り返していた。３年生は全体で２００人位いたと思う。私の成績は良いときは30～40番くらいで、悪いときは60番くらいと思う。当時、大学進学を考える生徒が希望する県立の普通高校は柳川市にある「伝習館高校」と大川市にある「大川高校」があった。

進学面談で担任の先生から「君は良い時の成績なら伝習館に合格できるかもしれない。しかし悪い時の成績では難しい。大川高校なら多分合格できるだろう」と聞いた記憶がある。私は両親、姉（当時は銀行員）に相談した。両親の意見の記憶はないが、姉の意見は明確に記憶に残っている。それは「これから一生懸命勉強して伝習館に行きなさい」というものである。

当時の大学進学率は大川高校に比べると伝習館高校がかなり高かった。私は姉の意見に従い伝習館高校を受験することにした。

姉はなぜ強く伝習館高校を勧めたのだろうか。当時は何も考えなかったが、今から思うと姉は以下のような理由で伝習館高校受験を勧めたのではないかと考えている。

○自分（姉）は大学に進学できなかったが、弟（私）には、まともな大学に進学してほしい。大学に進学するには是非とも伝習館に行くべきである。

○姉は伝習館の出身であり、父も伝習館ＯＢである。さらに、いとこ達３人も伝習館の出身である。このように我が家には伝習館で学んだ人が多い。

私は、その年の暮れから高校受験まで一生懸命勉強した。毎晩コタツで勉強し、そのままコタツで眠ることも多かった。中学の3年間でまともに勉強した記憶はこの時だけである。この勉強風景は今でも覚えている。私は幸運にも伝習館高校に合格した。その後、佐賀大学にも進学できた。これは両親の支援は言うまでもないが、姉の進言によるところが大きいと感謝している。私はなんとなく大学に進んだが、姉はさぞかし大学へ行きたかっただろう。今、姉の無念を思うと申し訳なさで一杯である。

## (3) 高校生時代

高校は隣町の柳川市にある伝習館高校に、自宅から自転車で30分くらいかけて通った。道路は未舗装で穴ぼこだらけで苦労した。雪道で転倒したり、パンクしたりした記憶がある。雨の日は雨合羽に身を包み、鞄は座席の後ろの荷台に、ビニールの風呂敷で包み、ロープでくくりつけていた。

高校時代も何かに夢中になったり、一生懸命に勉強した記憶がない。したがって高校時代に印象に残っている思い出はない。なんとなく自宅と高校を往復して、落第しない程度に勉強して過ごしていた。そんな生気のない高校生活のなかで、かろうじて思い出すのは以下のようなことである。

### ①　アマチュア無線クラブ

私の2人の友人がアマチュア無線クラブに加入していた。私は加入していなかったが、誘われて部室に遊びに行っていた。部員の人達は放課後に集まり無線機を使って全国の同好者と交信していた。彼等は自宅にも通信用の大きなアンテナ、通信機器を所有していた。私も興味はあったが我が家の経済状況では無理だとあきらめた。したがって、もっぱら見学に終始した。そのうち段々と足が遠のき部室に行かなくなった。その代わり部品を買ってきて、自宅でラジオを手作りした記憶がある。雑音が入りながらも、ラジオ放送局からの番組が聞けた時は「ヤッタ」と感動した記憶がある。

### ②　映画

私は小学生時代は数人の友達と大川市の映画館に行った記憶がある。これは誰か年長者に連れて行かれたものである。当時は50円くらいで3本立てという映画もあった。どういういきさつかは覚えていないが、高校生のあるとき一人で高校のそばにあった映画館に行ったことはよく覚えている。映画のタイトルやストーリーは何も覚えていない。ただ覚えているのは、真っ暗で、ガラガラの座席の前方に一人で座り見ていた風景だけである。何故この風景を覚えているのだろうか、と改めて考えてみた。今思うと、それは内緒で一人映画を見に行く後ろめたさ、やましさがあったためではないかと思う。当時は未成年の学生の身で一人映画館に行くのは不謹慎だという風潮があったと思う。この風潮に逆らう冒険心あるいは、もう子供じゃないという意識があったのかもしれない。

## ③　本屋さん

高校のすぐそばに本屋さんがあった。今はもう廃業されて跡形もないが、私はそこに頻繁に出入りしていた記憶がある。その目的は教科書にそった参考書を見たり、買ったりするためである。その参考書は教科書の中の問題の解答例と解説が記載されている。定期試験の際はこれで理解するというよりは、暗記に近いような形で勉強した。だから本当の理解にならず、実力テストでの成績は芳しくなかった。今ではこの本屋さんで、勉強以外の文学書、歴史書などを購入して知識や視野を広げておけばよかったと反省している。そうすれば私の人生は変わったものになっていたかもしれない。若いうちからの読書習慣は大事だと思う。

## ④ クラス分け（文系、理系）

記憶は定かでないが当時の高校では普通科が6クラス、家庭科が1クラスあったと思う。普通科はさらに文系（3クラス）と理系（3クラス）に分かれていた。このクラス分けは2年生になる時に行われたと思う。私はこの時、どちらにしようか大変迷った記憶がある。私自身はどちらかというとアバウトな性格で、理数系は苦手である。反面、社会とか国語が成績はよかった。これは、今になって考えると父の遺伝ではないかと思う。父は数は多くないが文芸誌、歴史書、雑誌を定期購読していたからである。したがって私は、自身の性格は文系向きだと考えていた。

しかし私は理系を選択した。理由は単純である。それは理系の方が就職するのに有利だからである。この選択が私の人生を左右した。どちらがよかったかは、今となっては判断つかない。これも運命だったと考えている。現在の私は文系人間である。私は、40歳台までは現場の仕事一辺倒で、どちらかといえば理系中心の生活、50歳台以降の管理職の仕事になってからは、どちらかと言うと文系中心の生活であった。今思うと、私は理系、文系この両方が経験できて幸いかもしれない。

## ⑤ 大学受験

私は必死になって勉強した記憶は殆どない。私は生まれつき、なまけもので、いい加減な人間だからだろう。ただ唯一覚えているのは大学毎の過去問集である。それは濃い橙色のかなり分厚いものであった。これには過去5年間くらいの問題と解答例が記載されている。私は、この参考書を使って勉強した記憶はある。

私は志望校をどのようにして決めたか記憶はないが、熊本大学を受験した。試験風景は全く記憶にないが、熊本の旅館で知ったことだが、試験前日か当日に羽田空港近くで、飛行機の墜落事故が起き、大騒ぎになっていたことは覚えている。この年は2〜3件の航空機墜落事故が立て続けに起きたと思う。何故かこれが印象に残っている。試験の結果は案の定不合格であった。しかし、私はそんなに落胆しなかった。理由は、実力試験の点数から合格できる実力がなかったことがわかっていたからである。私は物事にあまり執着しない性格であり、気持ちの切り替えは早いと思う。

## (4) 浪人生時代

熊本大学受験に失敗したあと、私は「時習館」という大学受験予備校に入った。この予備校は久留米市にあり、明善高校の関連予備校である。何故ここに入学したか覚えていないが、友人から誘われたことと、月謝が安かったからだと思う。自宅から自転車で西鉄の八丁牟田駅まで行き、そこから電車で西鉄久留米駅に行く。さらにそこからバスで予備校まで通った。確かＪＲの久留米駅の近くだったと思う。

例によって、ここでも学習の記憶はない。覚えているのは電車通学の風景である。椅子に座って窓の外を眺めたり、運転席の後ろから進行方向の線路を見たりした。これは楽しかった記憶がある。また粋がって下駄を履いて通学していたことも覚えている。この予備校は数ヶ月で辞めたと思う。通学時間と費用を使う効果が感じられなかったからだと思う。教室の風景や授業、勉強などの記憶は全くない。

その後、自宅でなんとなく勉強して、今度は佐賀大学を受験した。当時、大学は1期校と2期校に分かれていた。1期校の方がレベルが上だった。熊本大学は1期校で、佐賀大学は2期校だった。浪人ということで安全サイドに変更した。また、自宅から通えるという点も考慮した。幸いなんとか佐賀大学の理工学部電気工学科に合格することが出来た。

## (5) 大学生時代

私は、1967年（昭和42年）佐賀大学理工学部電気工学科に入学した。私は、それから4年間自宅から通学した。最初は国鉄（今のJR）で通学した。今は廃線になっているが、当時、佐賀市（佐賀駅）から大川市、柳川市を通って、鹿児島本線との接点である福岡県の瀬高町を結ぶ佐賀線が通じていた。最初、私は自宅から筑後川の昇開橋のそばにあった「筑後大川駅」に行き、「東佐賀駅」までディーゼル機関車に乗って通学した。しかし、それは1～3ヶ月位で終わったと思う。理由は機関車の本数が少なく、また、自宅から「筑後大川駅」までの移動（バスまたは自転車）が不便なこと、さらに「東佐賀駅」から佐賀大学まで徒歩で30～40分かかり通学時間が2時間位かかり、時間が無駄だったからである。

そこで私は父にお願いしてスズキの中古のバイク（90cc）を購入して貰い、バイクで通学することにした。運転免許は運転試験場で受験（125ccのバイクで実技）して既に取得していた。この免許は当時「原付2種」試験と呼ばれていた。現在この「原付2種」の免許は「大型自動2輪」になっている。当時は比較的簡単に取得できた気がする。

私はこの中古バイクで4年間通学したが、トラブルも何度かあった。タイヤのパンク、バッテリー切れなどがあった。私は、現在の国道208号線を暑い日も、寒い日も、雨の日も、雪の日もひたすら通った。五十数年後の現在、この208号線は道路の脇にたくさんの店舗が立ち並んでいるが、当時は田んぼばかりであった。この途中でバイクが故障すると、バイクを手で押して修理店まで運ぶしかなかった。バイクは手で押すと結構重く、暑い日は辛かった記憶がある。当時は携帯電話やJAFなど便利なものはない。しかし、今では、これは貴重な思い出である。

## ①　通学風景

佐賀市の中心部には県庁、県立図書館、県立体育会館、佐嘉神社があった。その周辺は国道34号線が走り、大きな堀があり、鯉が泳ぎ、アヒルも泳いでいた。また蓮の花も多数咲き、大きな堀の側には大きな楠の木が多数植えてあった。高校卒業まで、私は田んぼと用水路しかない、大川市や柳川市に育った。したがって、当時の私にはこの佐賀市中心部の風景は新鮮だった。私は国鉄で通学していた時、東佐賀駅から国道34号線を30分くらい歩き、通学した。この途中で前述の場所を通って行く。私はこの風景が好きでベンチや石に座り眺めていた記憶がある。さらに時間がある時は、大学からわざわざバイクでこの付近に行きベンチに座り、風景を眺め、ぼんやり考え事をしていた。この時間が楽しかった。

## ② 専攻

大学は最初の2年間は教養課程であり、法学、語学、歴史、地学など一般教養を学んだ記憶がある。3年から専門課程に入る。私は電気工学科で、発電気や電動機などの重電関係と通信などの弱電関係があったと思う。私は後者の通信工学を専攻した。これは、私がラジオなど無線関係に興味があったからかも知れない。私は無線の中でもFM通信のアンテナに関するテーマで卒論を書いた記憶がある。担当教授は江頭先生だった。

### ③　M君との思い出

大学時代の友人で一番印象に残っているのはM君である。彼と仲良くなったきっかけは覚えていないが、通信工学専攻者の出席名簿順が前後だったのかも知れない。彼は福岡県北部の「豊津高校」出身だったと思う。彼は私とは真逆の性格だった。私は気弱で思ったことも言えないおとなしい性格だったが、M君は頭も良く、思ったことは先生にでもズケズケと言う人だった。正反対の二人がなぜ仲良くなったのか今でもよく分からない。

彼は佐賀大学卒業後、鹿児島大学の大学院に進んだ。その後、日本電気に勤務した。そしてJR横浜線沿いにある日本電気の工場に勤務した。私は卒業後、1回だけ彼と会った。彼が日本電気に就職して横浜に来たときである。もう50年弱前のことである。彼との年賀状の交換は今でも続いている。

彼との付き合いで一番記憶に残っているのは、彼の下宿に泊まり込んで徹夜で試験勉強したことである。前期、後期の定期試験の時は度々泊まり込み、電熱器で小さな鍋に湯を沸かしてインスタントラーメンを作り食べあった。泊まり込んだ理由は、バイク通学でのリスク回避である。バイクが故障したり事故でも起こしては試験を受けられない。特に冬は雪が降ったりしたらスリップしやすいし前方が見えず危険であった。そこで彼に頼み込んだのだと思う。今となっては良い思い出である。

## ④　就職試験

4年生になったら就職を考えなければならない。私はこの件で両親と相談した記憶はない。しかし、今から思うと、母はなんとなく「教師か市役所に就職して近くにいて欲しい」と考えていたようである。一方、父はどちらかというと、私には東京など中央で活躍して欲しいと思っていたようである。理由は、「父は、世が世であれば、自分も田舎でくすぶるのではなく、都会で思う存分働きたかった」と考えていたからだと思う。

私は中学時代、飛行機のパイロットに憧れていた。しかし、私は身体も頑健でなく、運動神経もない。だから初めからこれは諦めていた。しかし、空飛ぶ飛行機を見るたびに遠くに行きたいという希望を抱いていた。飛行機に乗って全国に行きたいと思っていた。だから、私は、東京の会社に就職して全国に行くような仕事に就きたいと思っていた。そこで「日立電子」という会社を受験した。この理由は担当教授の江頭先生の紹介であった。「日立電子」という会社はテレビ放送会社の放送機器を作っている会社だった。通信関係の会社であり、専攻に沿ったものだった。そこで私はこの会社を受験することにした。当時まだ運賃の高い飛行機は私には雲の上の存在であり、国鉄で東京に向かった。新幹線は、まだ博多まで通じておらず、在来線の特急列車で岡山まで行き、長蛇の列に並んで新幹線に乗り換えて東京へ向かった。

就職試験の内容は覚えていないが、簡単な筆記試験と簡単な面接があったと思う。私は、幸い「合格」を得ることが出来た。不思議なことに、私は、就職試験のことは覚えていないが、乗り物のことは良く覚えている。東京へ向かう新幹線の中では隣の座席の若い女性からミカンを一つ戴いたことは覚えている。

## ⑤「日立電子」から「日立製作所」へ

「日立電子」は「日立製作所」の子会社である。1971年（昭和46年）4月、「日立電子」は事業の一部を「日立製作所」に吸収されることになった。このため、私は、「日立製作所」に入社することになった。これで希望していた無線通信関係の仕事はできなくなった。しかし、今から考えると、これで希望していた全国を駆け巡る仕事のチャンスが生まれたと思う。人生何が起きるか、何が幸運になるかわからない。ことわざ「(人間万事)塞翁が馬」を実感する。

## ⑥ ラーメン

○一休ラーメン

佐賀県庁、佐嘉神社の近くに小さなラーメン屋さんがあった。その店の名前は「一休ラーメン」である。カウンター席中心の、10人位しか入れない小さな店である。この店の味は忘れられない。塩味のトンコツラーメンである。金属の丸いお盆の上にラーメン丼をのせて出される。ラーメンの量は少な目だった。確かメニューもラーメンしかなかったと思う。私は、それまで醤油味の中華そば(ラーメン)しか知らなかった。ここのラーメンを食べた時は本当に美味しいと思った。この味は今でも忘れられない。

就職して数年後、私は、新幹線の車中で全国的に販売され、当時サラリーマンが愛読していた某週刊誌に、美味しいラーメン店として、この「一休ラーメン」が紹介された記事を読んだ。佐賀県という、地味で目立たない県のラーメンが全国誌で紹介され、私は嬉しくなると同時に「やはり」と納得したものである。

○即席ラーメン

当時、私は、いわゆるインスタントラーメン（袋物）には本当にお世話になった。特に、棒状の「マルタイラーメン」、「屋台ラーメン」を好んで食べた。試験勉強の夜食の定番であった。前述のM君の下宿先で一緒に食べたラーメンや、母が夜食に作ってくれたラーメンの味は今でも忘れられない。これらのラーメンに魚肉ソーセージやゆで卵や生卵がのっていれば最高である。さらに小ネギ、有明海苔が添えてあれば言うことない。

# 5　社会人時代

## （1）日立製作所時代

私は、1971年（昭和46年）に縁があって日立製作所に入社した。以来、約29年間勤務した。この29年間の勤務は大きく分けて以下の3つに分けられる。

「ソフトウェア工場」時代（横浜市戸塚区）……1971年～1989年（18年間）
「情報システム事業部」（川崎市幸区新川崎）…1990年～1995年（6年間）
「全国統括本部」（大阪市住之江区南港）………1996年～2000年（5年間）

以下はこの3つの時代の思い出のプロジェクト名を記述する。すべてに共通するのは納期遅延、原価超過（大赤字）、品質劣悪と言った「失敗」である。失敗したプロジェクトほど記憶に残る。成功したプロジェクトは開発完了後の機能拡張や後継システムの開発である。成功の要因は経験によるものである（「失敗は成功の元」）。

## ①「ソフトウェア工場」時代（18年間）

この工場はJR東海道線・戸塚駅の目の前にあり、交通至便な場所にあった。この時代に携わった、思い出すプロジェクトは以下のようなものである。

（i）HITAC8150PS（プログラミングシステム）の開発（横浜市戸塚区）
（ii）東海銀行営業店システム（今の三菱UFJ銀行の前身）（名古屋市栄区）
（iii）日本生命営業店システム（大阪市淀屋橋）
（iv）常陽銀行営業店システム（茨城県水戸市）
（v）安田信託／中央信託銀行営業店システム（東京中央区）

この中で（i）のプロジェクトがそれ以外のものと大きく性質が異なる。（i）のプロジェクトは、日立製作所が不特定多数のお客のニーズを自ら考え、自らが設計し開発したものである。この開発メンバーは入社したばかりの若手が多く、開発遅延、品質劣悪、原価超過で苦労した。そして、私はこの製品の事故対策のため、京都、大阪、名古屋、広島などの顧客のもとに何度も出かけた。

顧客はすべて中小企業であった。大企業の顧客の多くは、事故を起こすとメーカーを強く叱責する。しかし中小企業の顧客は、私達が事故（故障）を修正すると、自身は被害を受けているにもかかわらず、殆どの顧客からは「よく直してくれました。助かりました」、「こんなに小さなコンピュータでよくできていますね」と言って感謝して戴いたものである。中には修理後に御礼といって食事に誘われたこともある。これには感激した。

トラブル多発で苦しんだが、唯一の救いは、我々が開発したシステムの評価が高く、目標を大きく上回り、約２０００台売れたことで、年末の工場長表彰を受けたことである。

（ii）～（v）のプロジェクトは自社開発ではなく、すべて顧客からの受注開発である。受注開発とは顧客がシステムの仕様を決めるものである。これを日立が見積もり（開発規模、納期、費用など）、他社と競合して受注できたら開発し、納めるものである。

例えば通帳は銀行ごとに異なる。また銀行毎に業務の用語も異なる。従って顧客固有のシステムを開発する必要がある。このため我々と顧客との打合せが頻繁にある。

顧客先に常駐して作業することも多かった。したがって私は頻繁に出張を繰り返した。遠隔地の移動先は愛知県の名古屋市、瀬戸市、大阪市、茨城県水戸市が多かった。納品後に事故が起きた時は、それこそ全国に出張した。

全国に出張した理由は、我々が受注したシステムが銀行の支店で動くものだからである。支店から「ATMや窓口端末が動かない」、「金額がおかしい」などのトラブルの連絡があると、現地に行って調査することが多いからである。この受注開発が難しい点は、顧客の業務知識を完全に理解しなければならないことである。銀行の専門用語、銀行取引の仕組み（新規、解約、入金、為替、定期……）、さらにはシステムの運用知識も完全に理解しなければならない。この理解度でシステム開発の成否が決まる。これが一番苦労した点である。

### ②　情報システム事業部（6年間）

この職場はJR横須賀線の新川崎駅のすぐ近くにあった。1990年のバブルがはじけたころである。我々が入居したビルは三十数階ある超高層ビルである。しかも同じビルが2棟あった。一つを日立が借り、もう一つをキヤノンが借りていた。この二つの棟をつなぐスペース（ロビー）にお店が出ていた。コンビニ、ハンバーガー店などである。またベンチなどもあり、待合わせや、くつろぎの場所でもあった。このビルは超高層ビルの出始めであり、当時はテレビドラマの撮影場所にも使われていた。

私は、このビルに長男と長女を連れて行った。会社のお祭りがあった時である。このロビーのテーブルに座り、２人の記念写真をとったことはよく覚えている。私はこのビルで仕事したことはあまりない。顧客先での仕事が多かったからである。当時参加していたプロジェクトは以下のようなものである。

・東京証券取引所（東京茅場町）
・野村證券／国際証券営業店システム（横浜市保土ヶ谷）
・三洋証券／岡三証券営業店システム（東京・門前仲町）
・久留米市役所（福岡県久留米市）
・ＪＲ九州（福岡県福岡市）
・九州電力（福岡県福岡市）
・防衛省（東京・赤坂、横須賀）

私は、これらの顧客の中で特に防衛省の仕事で貴重な体験ができた。当時、私は海上自衛隊のシステム開発に携っていた。ある年の秋、私は日立の営業員を通して海上自衛隊の「観艦式」への招待券を受領した。それも家族4人である。横浜・東神奈川の港を出て、相模湾まで自衛隊の艦船に乗り往復した。総理大臣も出席する大掛かりな行事だった。

### ③　全国統括本部時代（4年間）

この職場の本拠地は大阪市住之江区の南港地区にあった。九州からの出張時は、伊丹空港からバスで難波に出て、難波からは地下鉄に乗り住之江まで行き、そこからモノレールに乗り換えて南港ビルに通った。関西空港を利用した時は、高速バスで「ポートタウン東」というモノレールの駅まで移動した。これは乗り換えもなく、バスからの眺めもよく楽だった。しかし伊丹空港経由の利用が多かった気がする。飛行機の便数が多かったのかも知れない。

ここは埋立地で大阪の都心からは遠く不便である。当時は何故こんなところに拠点を構えたのか不思議であった。毎日通勤する社員にするとたまらないと思った。私は週1回、九州からの出張でしかここには来ないのでまだ我慢もできるが……。

この全国統括本部という組織は、大阪以西の顧客のシステム開発を担当する部署であった。当時、私は、福岡市の九州支社に在勤という形で転勤していた。同時に家族も引越ししていた。拠点となる勤務場所は福岡市の福岡ドームの川を挟んだ向かい側にある、日立九州ビルであった。しかし、私は、このビルでは、殆ど作業しなかった。毎週月曜日に事務処理をするためにここに来て、午後からは顧客先で作業し、次週まで戻らない。こういった生活をしていた。この当時携わっていたプロジェクトを以下に示す。

・JR西日本（大阪市天王寺）……単身赴任（東大阪市の独身寮）
・百十四銀行（香川県高松市）……長期のホテル住まい（東横イン）

私は、これらのプロジェクトには途中から参加した。これらのプロジェクトが混乱したので応援に行くように上司から指示されたものである。今度は大阪で単身の独身寮生活である。私は当時50歳近くになっていた。

**日立製作所時代に定期購読していた雑誌**

・日経ビジネス
・日経コンピュータ
・実業の日本
・プレジデント
・文藝春秋
・月刊「現代」

## (2) 日立電子サービス（電サ）時代

私は、2000年8月（52歳）で日立製作所を退社して（電サ）に入社した。（電サ）は日立製作所の子会社である。この会社の事業内容は日立製コンピュータの保守サービスである。主にコンピュータ（ハードウェア）点検、修理などのサービスを行う。街中のビルのエレベータの点検・保守みたいなものである。この会社の事務所（本社）は横浜市戸塚区にあった。ＪＲ横須賀線の東戸塚駅から歩いて10分位の所で交通の便は良かった。

入社の背景は、(電サ)にもソフトウェア開発・管理の経験者が必要とされたからである。当時、私は日立製作所では課長(主任技師)であった。どこの会社でも同じだろうが、私の所属する部署では、45歳頃までに部長になれなかった人は子会社または関連会社に転属するのが慣例だと思われていた。したがって私も自覚はしていた。私は、(電サ)入社前は知らなかったが、(電サ)は日立の子会社の中でも御三家と言われていた優秀な会社(給料が高い)であった。ちなみに当時の御三家とは(電サ)、日立エレベータサービス、日立クレジットであった。結果としてはいい会社に入れたと感謝している。

## ① 私の担当業務

私は情報システム開発本部の部長として任命された。職務は社内の情報システム(人事、経理、購買、保守現場支援など)の開発・保守・運用作業の管理である。当時、これらの開発は開発遅延、品質劣悪、事故多発で問題があった。この改善策を考えて実行することが私に与えられた任務であった。日立製作所時代はシステム開発の最前線で、システム開発業務に携わり、出張も多く、顧客折衝もあり、大変だったが変化もあり、やりがいも得られた。

しかし、（電サ）に入社してからは自社内での「管理業務」ばかりで、仕事は面白くなかった。「管理」とは、お金（予算）、要員、工程、品質、生産性（効率）などの管理である。このころはＩＳＯ９００１という国際品質管理基準も導入され、品質管理が重要視されたようである。この仕事は管理される側の人々からは嫌われる宿命である。理由は問題点を指摘し、対策を要求されるからである。しかし半年後からは少しやり甲斐も出てきた。品質が良くなり、工程遅延も減少してきたからである。このことで担当専務からも御礼を言われたこともある。専務からは「今まで見えなかった問題点が見えてきた」と感謝された。

## ②　賞与が200万超

私は、入社した翌年の夏の賞与が２００万を超えたことを覚えている。この理由は、現在のシステム開発・運用の問題点と改善策をまとめ、上司である専務に提案したことであった。この専務さんは大いに賛同され、年末表彰の対象に推薦してくれた。破格の賞与はこの賜物である。日立製作所時代は多くても180万円位だったので感激した。私は、改めて「確かに（電サ）は子会社の御三家だ」と感心したものである。

### ③　高額な退職金

2年後、私は（電サ）を上司の指示で退社して、子会社であるクリエイティブ・ソリューション・サービス（CSCと略）に転属した。退社理由はCSCは創立まもなくで若手が多く、経験者が少なくベテランが必要とされたようである。この際、私は退職金として1000万円超を戴いた記憶がある。これは給料減の補填すなわち、（電サ）とCSCとの給料差を補償するものを含んでいた。それにしても2年しか勤務していないのに、このような額を戴けるとは思わなかった。まるで高級官僚の天下りの「渡り」みたいだと恐縮した思い出がある。

### ④　盛大な忘年会

日立製作所時代は、会社主催の盛大な忘年会は皆無であった。しかし、（電サ）では全国の支社から参加する盛大な忘年会がされたのである。私は2回出席した。確か無料だったと思う。1回目は熱海温泉である。2回目は静岡の浜松付近の館山寺温泉である。正確には分からないが600人位出席していたと思われる。熱海では元日本ハムの大澤監督（当時TVの番組で、張本氏との「あっぱれ」、「喝」のやりとりで人気があった）が講演に来ていた。館山寺ではウクレレ漫談の牧伸二さんが来ていた。いずれも人気者で講演料も高いと思われる。私は、その豪勢さにビックリしたものである。しかし、これらはバブルの産物であり、今はもうないのではないかと考えている。

## ⑤ 早期退職

私はCSC入社後、2年弱で再び（電サ）に会社都合で入社した。そして、私は半年後に会社の希望退職募集に応じて、56歳で早期退職した。2004年9月である。退職の理由は以下の3つである。

・肩書きは「主幹」と言う部長待遇だが、「部下なし、予算権限なし、人事権なし」の窓際族である。私は、これに耐え切れなかった。
・希望退職すると「割増退職金」が戴ける。確かこれも1000万円を超えていたと思う。
・退職しても金銭的には何とか暮らしていけると判断した。

縁があって（電サ）、ＣＳＣと（電サ）グループに約4年間お世話になったが、日立製作所時代とは１８０度違う世界を体験できて勉強になった。（電サ）、ＣＳＣの社長、専務など役員の方々とも接することができ、優秀な人と知り合うこともできた。また、前述したように賞与、退職金など金銭的にも多大のものを戴き、本当に感謝している。

### (3) クリエイティブ・ソリューション（CSC）時代

私は２００２年4月（平成14年）（電サ）の子会社であるＣＳＣに入社した。理由は不明である。いい方に解釈すればＣＳＣは創立間もないので若い人が多く、ベテランが必要だったのかも知れない。しかし実際は日立製作所、（電サ）からの天下り受け入れ会社だと思う。ＣＳＣは仕事はすべて（電サ）からの受注である。したがって、私の仕事内容も（電サ）時代と同じである。

ＣＳＣの作業場所はＪＲ横須賀線の東戸塚駅の裏の小高い丘の上にあった。確かリクルートビルの10階位の１フロアを賃貸していた。（電サ）の本社ビルからは徒歩15

分位であった。CSCは、部長以上はすべて日立製作所、（電サ）のOBであった。CSCでも経営会議、部長会議、品質会議、原価会議などが開催されていたが、所詮は（電サ）の手のひらで動かされ、自主的な行動は無理であった。したがってやりがいは皆無である。成功も失敗もない。赤字になれば（電サ）に補填して貰う。また、システムの障害が発生しても対策の前面に立つのは（電サ）である。

先にも述べたが、CSCは日立製作所、（電サ）からの天下り受け入れ会社のため、これらの会社の幹部（役員クラス）が多くいた。したがって勉強になることもいくつかあった。Tさんは日立製作所の駄目な点をしきりにぼやいていた。Hさんは昔、研究所にいたようで留学経験や失敗談を伺った。

CSCのOB会が毎年11月にされる。場所は毎回、京浜東北線の大森駅のすぐそばにある「東急ホテル」である。私は2004年に退職後、毎年参加していた。2006年に九州・福岡へ帰郷してからも遠隔地ながら、できる限り出席していた。しかし2019年に人工透析になってから出席できなくなり残念至極である。

ＣＳＣは仕事そのものはやりがいがなかったが、ＣＳＣ入社で成果があったのはこのＯＢ会に入会できたことかも知れない。また、天下り受け入れ会社の悲哀も感じることができた。これからは若い人が成長して、天下り者に負けない実力をつけ、若い人がやりがいのある会社に育てていっていただきたい。しかしこれは難しいかも知れない。その理由は、若く優秀な人ほど問題意識が高く、自分の将来（キャリアパス）を考え、会社の実態に絶望して、早く退社して行くからである。これは変えることができない宿命かもしれない。優秀な人はベンチャー企業に転職したり、個人で起業していく。これは仕方がない。ＣＳＣだけの問題ではないと思う。

## （4）九電ビジネスソリューション（ＱＢＳ）時代

私は、２００６年7月にＱＢＳに1年間の契約社員としてお世話になった。ＱＢＳは九州電力の社内情報システムの開発および保守を行う会社である。また当然九州電力の子会社であり、幹部は九州電力からの天下りである。

入社の経緯は、日立製作所時代の私の上司（Ｏ氏）からの紹介である。私は（電サ）退職後に小冊子（「ＩＴプロジェクトマネージャーの知恵と心得」）を書いて知人に配った。この中にＯ氏がいた。Ｏ氏はこれを読み、Ｏ氏の九州大学時代の友人（Ｙ氏）にこの小冊子を紹介された。当時、Ｙ氏はＱＢＳの専務であった。

当時、私は、２００６年1月に九州・福岡へ帰郷したばかりだった。正確ではないが同年4月頃Ｏ氏から突然電話があり、「Ｙ氏を訪ねるように」とのことであった。Ｙ氏は私の小冊子を読んで気に入られたようである。そこで、私は後日ＱＢＳの本社にＹ氏を訪問した。

その後担当役員（常務）の面接を受けることになった。結果として入社することになったが、この面接では忘れられないことがある。それは私の業務歴を示した時の常務からの質問である。それは「失敗が多いですね。大丈夫ですか？」という馬鹿にしたような質問である。

私は、仕事上の失敗は必ずしも恥ずかしいものではないと考えていた。したがって業務歴には失敗（赤字、工程遅延など）なども正直に記述していた。しかし先方の受取り方はまるで違っていた。私は「これは駄目かな」と思った。

この常務さんは官僚的な考え方の人のようであった。九州電力では、一度失敗した人はもう将来性はないらしい。私は、銀行の仕事も担当したが、銀行も同じような考えが強いようである。これは社員を評価する尺度として「減点主義、マイナス査定」と呼ばれ、人事評価では「失敗だけをマイナス点として加点していく」という考え方である。これでは、失敗を生かして挽回するのは難しい。競争がない会社では必然とそうなるのかも知れないが、これではチャレンジなど出来ないと思う。悲しいことである。

案の定QBSでの仕事は遣り甲斐のないものだった。私に与えられた仕事は、情報システム開発の工程管理、品質管理のノウハウの紹介である。私の経験や文献を読んでレポートとしてまとめ、部長に提出するものである。部長からの反応は皆無であった（部長は女性だった）。

私は、翌年6月契約期間満了で退職した。正直ホッとした。満員電車で2時間かけて通勤し、遣り甲斐のない作業は苦痛そのものであった。QBS勤務ではあまり得るものはなかった。残念至極である。しかし競争のない会社の実態を感じることができたのは勉強になった。競争のない世界は「〝建前〟と〝言い訳〟ばかり」だと思う。私の独断と偏見だが……。

## (5) 大阪学院大学　非常勤講師時代

私は、2007年6月から6年間、大阪学院大学の非常勤講師の仕事をした。これは年1回、5月頃に2時間位の講義を行うものである。これは「特別講義」と呼ばれていた。講義内容は情報システム開発の仕事の概要と、その課題と解決方法の紹介である。講義資料はパワーポイントで30頁くらいあったと思う。受講生は30～40人位だった。

私は、この講義のために手弁当で大阪まで出向いた。確か1回あたり5000円位の日当が支給されたが福岡～大阪の旅費の一部にしかならない。しかし、私は遣り甲斐があったので6年間も続けた。その遣り甲斐は学生さんからの感想文と質疑応答である。学生さんからの感想文では「現実の仕事内容が理解でき参考になった」、「もっと詳しく聞きたい」、「ブラック企業の見分け方で参考になった」、「就職先選びに役立つ」など好評価が多かった。

私は、日立製作所を退職し、子会社の（電サ）、ＣＳＣ社、ＱＢＳ社に勤務したが、日立製作所以外の会社の仕事では、いずれも遣り甲斐を感じることはできなかった。その理由は、私の存在が誰かのために役立っているという実感が得られなかったからである。

しかし、大阪学院大学では、私のつたない話が学生さんのお役に立っていると実感できた。私は遣り甲斐とはお金だけではなく、自分の存在意義が感じられるか否かだと思う。お客様からの「有難う。助かりました」この一言が「遣り甲斐」を生むと思う。

非常勤講師になったいきさつは、日立製作所時代の先輩からの依頼によるものである。その先輩（Ｋ氏）は、大阪学院大学の教授をされていた。Ｋ氏は、私が書いた小冊子（「ＩＴプロジェクトマネージャの知恵と心得」）を読まれ、うちの学生に話をして欲しいと要望された。そして打合せのため、わざわざ私の住む福岡県大川市の自宅まで訪ねてみえた。私はとても大学で講義するような知識も能力もないと辞退したが、最後は引き受けた。しかし後悔はしていない。この6年間は私の人生の宝物になった。Ｋ氏には大変感謝している。

昔、私が大学生の頃、母が私に「小学校の先生になって欲しい」と言っていたことを思い出す。また母から「姉が小学校の先生になりたいと言っていた」と聞いたことがある。私は、田舎でくすぶるのではなく、広い世界で仕事をしたいと思い、母の願いを聞かなかった。そんな私が、なんと非常勤講師とはいえ、大学の先生をやるとは思いもしなかった。母や姉が生きていたら何と言うだろうか。いずれ私が天国に行ったら母、姉と話をしたいものだ。

大阪学院大学は新大阪駅から京都に向かって2つ目の駅のそばにある。私は非常勤講師時代の6年間は、これを利用して京都、大阪、福井（永平寺）、奈良、広島（K氏の実家）の宮島などの観光地巡りをした。いい思い出である。

また、長男と長女が私と一緒にこの大学に来て、教授の了解を得て、私の特別講義を見学したことがある。私は照れくさかったがいい思い出である。確か、その後、3人で焼肉を食べ、夜行バスで帰った記憶がある。あり得ないことだが、あの頃に戻りたいものだ。

## (6) 保険調査員時代

私は平成25年(2013年)12月、65歳になったばかりの時、新聞広告の人材募集を見て「S」という会社と業務委託契約を結んだ。この会社の業務は「交通事故」の裏付け調査である。いわゆる損害保険会社からの依頼を受けて、被保険者の交通事故の事実の調査を行うものである。

私がこの仕事を選んだ理由は、父が同じような調査業務の仕事をしていたからである。ただし、父は「生命・医療保険」だったと思う。日本生命保険会社の子会社(日本調査株式会社)だったと思う。実家の壁には、今でも、この調査会社からの父への表彰状が掲げられている。私は、「父はすごいものだな」と感心したものである。そういう訳で、私は調査という仕事に興味を持っていた。私が行った交通事故調査作業の手順は以下のようなものである。

〈調査作業手順〉

① 会社(S社)から、私に調査資料が郵送される。(事故当事者、場所、日時など)

②　私は、送られてきた調査資料をもとに以下のような手順で調査・報告書作成を行う。

・現場調査（測量、道路状況などの写真撮影、交通標識を含む見取り図作成）
・被保険者との面会による調査
・パソコンでの報告書作成（見取り図、写真の貼付）
・報告書の宅配便での郵送（会社あて）
・費用精算（高速代、自動車の走行距離、証明書などの領収書）
・必要な道具や法律書などは自己負担で購入した。約６０００円位

調査作業は、私の自家用車で交通事故現場に赴き、調査会社から送られた調査資料をもとに道路状況（道路標識、通行区分帯、横断道路の長さ、幅など）の測定、信号機の配置状況の記録、写真撮影などである。これは一人で行うには非常な危険な作業である。車の合間を縫って道路横断を繰り返して道路状況を測量し、写真撮影をする。同時にメモをとり、記録する必要がある。その後、事故当事者（被保険者）と面接調査を行う。私は、危険を感じたので、２回目以降は妻に同行してもらった。72歳の今

になってはいい思い出である。

報告書作成がまた大変である。パソコンを駆使して交通事故状況を作図し、10枚位の写真を貼付し、判例を参考にして、私の見解（責任割合）を記述する。この報酬は1件で3000円位だったと思う。そして、私は、危険かつ報酬の安さから、10件位調査して2~3月後に契約解除を申し出た。結果として、私は途中で挫折し、父のようにはなれなかった。残念至極である。改めて父の苦労に思いをはせ感謝の念を新たにした。

# 6　住んだ地域

## (1) 横浜市戸塚区和泉町

私は、昭和46年（1971年）4月、日立製作所ソフトウェア工場に入社した。この工場はJR横須賀線（後に東海道線も停車するようになった）の戸塚駅から歩いて5分位の交通至便な所にあった。電車が戸塚駅から横浜に向かって出発すると、すぐ左手に5階建ての、この工場の建屋が見えてくる。しかし、今は更地になっている。寂しい限りである。

### ① 工場生活

始業は8：30からだったと記憶する。出社すると出勤カードに打刻する。始業時間前は打刻時間の色が黒だが、遅刻時間になると赤字に変わる。私は、いつもギリギリに出社していたので通勤バスを降りてから、工場の5階の職場の入り口に設置してあった打刻機械まで疾走したものである。また、打刻機械の前に行列が出来る事がたびたびあった。この時は冷や汗がでた。遅刻の時は年休扱いにして貰ったこともある。これは辛かった。

私が配属された職場は小型コンピュータの新製品開発を行う部署であった。仕事はコンピュータのプログラム（ソフトウェア）、それも基本ソフト（オペレーティング・システム）の開発部門であった。職場には50人位いたが、8割位は新人であった。したがって経験者や手本となる者はなく、アメリカ製やオランダ製の製品の調査などしながら仕事した。始業前や、定時後に英語の文献の勉強会を新人仲間と開催した。

開発期間は1年位しかなかった。それも経験のない新人ばかりで、開発は苦労の連続であった。毎日、02：00頃までの深夜作業は当たり前であった。会社の終業は17：30だが、退社するのは深夜バス（00：15）もなくなり、さらにタクシーもなくなる02：00頃である。それから40分位歩いて独身寮に帰る。それでも翌朝は08：30に出社していた。よく身体を壊さなかったものだと思う。皆、新人だったので、これが当たり前と思っていたのかもしれない。

工場の昼食は食堂で食べる。メニューはA定食、B定食、カレー、ラーメン、うどん、ソバである。私は麺好きだったのでウドン、ラーメンをよく食べた。しかし、味が濃い醤油味で、最初は半分くらいは残した。しかし、根が麺好きなので少しずつ慣れていった。今ではラーメンは味噌、醤油、塩、豚骨なんでも美味しく食べる。また、醤油味のうどんも食べる。こういった食べ物文化の違い（福岡、東京）は忘れられない。

## ②　独身寮生活

独身寮の名前は「浩心寮」である。4棟位あり400～500人位収容できる大きな寮だった。私の部屋は2人部屋だった。しかし、入り口のドアから入ると通路の右手に2段ベッドあり、奥に畳が2枚あるだけである。小さなこたつ兼テーブルを置いたら他は何も置けない。兎に角狭かった。だが、私は、幸い出張が多かったので、1年後位からは寮にいることは少なくなった。

入社当時、オイルショックが発生した。このため寮の風呂が燃料不足で使えず、水風呂に入ったり、銭湯に行った記憶がある。また、風呂は通常時でも洗い場のお湯が出るのは22時までであった。私は22時までに帰れることは少なく、ぬるま湯か水風呂がしばしばあった。とにかく風呂には苦労した思い出がある。

食事は、寮で朝食と夕食が準備される。夕食は22：00までに食事しないと食中毒の面から廃棄される。しかし、前述のような勤務（深夜作業が多い）のため、22：00までの帰寮や朝早くに寮で食事するのは難しい生活だった。寮でまともな食事ができるのは休日か残業がない日だけだった。風呂と同様に食事にも苦労した。深夜スナックで食事したり、牛丼を食べた。

洗面所には洗濯機が置いてあった。確か1つの洗面所に2台の洗濯機が置いてあったと思う。これが混むのである。皆、忙しいから洗濯は土、日の休日に集中する。だからいつも使用中なのである。今から思うと、予約台帳みたいなものがあればよかったのかも知れないが、当時、台帳はなく、頻繁に洗濯機の空きを狙っていた。これも苦労したことの一つである。

たまの休日の楽しみは、外食と眠ることであった。昼は寮の近くの中華料理屋さんによく通った。よく食べていたものは、ラーメン、ギョウザ、焼き飯、タンメンである。夕食は戸塚駅に出て和食の定食屋さんに行った。大体はソバ屋さんで、「カツ丼とウドン」、「天丼とウドン」のセットである。3回に1回くらいはウドンの代わりにソバを食べた。今から思うとこれが糖尿病になる要因の一つだったろうと反省している。

戸塚区時代でもう一つ苦労したのは通勤事情の悪さである。独身寮は工場からバスで30分くらいの「立場」という地名の場所にあった。今は地下鉄が出来ているらしいが、当時はバスしかなかった。このバス通勤が問題である。まず道路が渋滞して進まない。特に雨の日はひどくバスに乗車した直後から渋滞で進まない。また、満員でバスが通過してしまうことや、停車しても満員で乗れないことも多かった。したがって、私は、寮から歩いて、1時間くらいかけて工場までたびたび通勤したものである。私だけでなく、仲間もそうした人が多数いた。歩いての通勤途中で便意を催すと最悪である。恥ずかしいことだがいわゆる「野グソ」をしたこともある。

戸塚区にはソフトウェア工場以外にも、日立製作所の工場がいくつかあった。テレビを開発していた「横浜工場」、電話交換機などの通信機を開発していた「戸塚工場」である。私は、会社の運動会、お祭りなどでこれらの工場に行った。特に「戸塚工場」には「日立病院」があり、健診や糖尿病治療ではお世話になり、大変感謝している。

以上述べてきたことから、私は戸塚区には住環境としてはいい印象はない。当時でも戸塚区の人口は35万人を超えていたと思う。平地がなく、坂が多い土地に人が多すぎるのである。

## (2) 名古屋市栄区

私は、入社3年後から銀行の支店の中で動くコンピュータ・システムの開発に従事した。このコンピュータは支店内のATMや銀行の窓口で動作する機械の制御を行う。私は、このコンピュータのソフトウェア開発に従事した。また、このコンピュータのハードウェアの製造場所は名古屋市にあった日立製作所の旭工場（地名が尾張旭市に由来する）であった。

このシステムの仕事の成功のためには、銀行の支店内の業務に精通しておかなければならない。しかし、私達には、銀行業務の知識が皆無であった。また、日立製作所内にも経験者はいなかった。私は、無謀にも自分自身が無知であることを自覚していなかった。このため開発は大混乱に陥った。混乱の現象は「品質劣悪」、「性能が不足（スピードがでない）」、「一年近くの大幅な工程遅れ」等である。顧客に多大な迷惑を掛け、日立本社の幹部も謝りに来た。

私は、本店が名古屋市にあり、当時、都市銀行の一つだった東海銀行のシステム開発に参加した。当初、開発の担当メンバーは、入社3年の私と、上司の主任、新人の部下2人で、他は協力会社の社員だった。プロジェクト開始時のメンバーは10人位だったが、混乱のピーク時は応援が投入され１００人位になった。人件費が月に1億円かかると嫌味を言われた。

この仕事のために、私は名古屋市と深い縁で結ばれた。この仕事のあと東海銀行とは、その後15～20年位お付き合いさせて戴くことになった。理由は、ソフトウェアの機能追加や次期システムへの更新作業を受注できたことである。残念なことに東海銀行は三和銀行と合併してＵＦＪ銀行になった。さらにＵＦＪ銀行は東京三菱銀行と合併し、三菱ＵＦＪ銀行になっている。まさに栄枯盛衰を感じる。当時、日立製作所の給料は安かった。銀行の人と賞与の話をすると、恥ずかしくて言えなかった。しかし、隆盛を誇った東海銀行はなくなり、日立製作所は存在している。何が幸いするか分からない。やはり地道な活動が重要なのかもしれない。

このコンピュータのハードウェアを開発・製造する旭工場も名古屋市にあった。ＪＲ名古屋駅から地下鉄に乗り、終点の藤が丘駅まで行き、そこからタクシーで旭工場へ向かう。ここは打合せでしょっちゅうでかけた。夏の暑い盛りに１ヶ月位、旭工場の独身寮に泊まり動作テストしたこともある。これは大変だった。エアコンはなく、ベッドは暑くて眠れず床に寝ていた。

名古屋時代は、辛いことばかりではなく、楽しい思い出もある。以下のようなことである。

・三重県鈴鹿市に姉が嫁いで住んでいた。時々出かけていって御馳走になった。
・名古屋市内の借り上げ寮に半年位住んでいた。その時に名古屋・栄の地下街で食べた「鍋焼きうどん」が美味しかった。これは頻繁に食べにいった。

・新幹線で東京～名古屋を頻繁に往復した。「うなぎ弁当」、「幕の内弁当」が美味しかった。
・借り上げ寮のカレーライスが美味しかった。カレーが出る金曜日が楽しみだった。また、この寮で、深夜に帰宅後、毎日のように携帯ラジオで聴いていた都はるみさんの『北の宿から』が懐かしい。

## (3)　神奈川県平塚市田村

私は、昭和56年（1981年）5月に妻と結婚して平塚市田村に移住した。新築のマンションである、名称は「秀和平塚レジデンス」であった。平塚駅から厚木方面に伸びる国道129線バイパス（新道と呼んでいた）沿いで14階建て位の高層マンションだった。当時、私は33歳だった。

何故平塚市に移住したか。その理由は、以下の通りである。
・今まで住んでいた戸塚は坂ばかりで平地が少ない。だから平地の所を希望した。
・平塚駅は戸塚駅から東海道線で30分位であり、東京行きの始発があり、さらに東京行きの電車は車両が増結（先頭に4両）される。したがって電車で座れる可能性が高い。

・さらに、平塚駅は拠点の駅らしく、「湘南ライナー」、「新宿ライナー」といった通勤者用の特急電車の始発駅であった。特急券は300円だった。これで座って東京まで行けた。

・平塚は横浜からみて相模川を渡ってすぐである。この川を過ぎると不動産の価格が安かった。この川の手前には藤沢、茅ヶ崎といった湘南ブランドの都市がある。ここは価格も高く、人も多い。したがって道路も混雑し、交通状況もよくない。

・平塚は海岸沿いで、相模川の河口であり、北方には丹沢など山が近い。また厚木も近く東名高速にもすぐ出られる。また、相模湾沿いには高速道路（「西湘バイパス」）が通り、小田原、箱根、伊豆にも近い。

① 子供との散歩

自宅マンションの周囲は田んぼ、工場が多かった。私は、頻度は少ないが、子供達（長男、長女）と、近くの公園や田んぼの周辺を散歩した。その際、用水路でザリガニ、メダカを網で捕獲し、バケツで家に持ち帰った思い出がある。

## ②　相模川散策（神川橋と田村の渡し場）

自宅マンションから歩いて20分位の所に相模川が流れていた。そこの堤防には頻繁に散歩に行った。一番の思い出は私の両親が九州・福岡から孫（長男）に会いに平塚の我が家に来た時、両親と私の3人で散歩に来たことである。堤防には「田村の渡し場」と刻印された大きな石碑が設置されていた。その前に座り記念写真を撮影した。

## ③　神社巡り（八坂神社、前鳥神社）

同じく相模川の堤防沿いの神川橋のたもとに八坂神社があった。ここも頻繁に行った。両親とも1回行った。家族とも時々行った。私一人で行った時は神社の大木に手をあててお祈り（仕事のこと、子育て、両親のことなど）した記憶がある。

近くに前鳥（さきとり）神社もあった。この神社には、お正月の3社参りに家族で出かけた。この神社では「おみくじ」を買ったり、釣鐘を何回か打たせて戴いたと思う。何かの節目には、この神社に出かけた。

## ④　神田幼稚園、神田小学校

子供達は自宅マンションから歩いて20分位の場所にあった神田幼稚園、神田小学校にお世話になった。私が一番思い出に残っているのは幼稚園の運動会である。この運動会の競技種目には父兄だけの競技があった。私は結婚が遅かったので、周りの父兄に比べると年配であった。周りの父兄（父親）は若く体力もあり、私は気後れした思い出がある。

### ⑤ 湘南海岸公園

ＪＲ平塚駅から海に向かって歩いて20分位の所に海岸公園があった。この公園はプールや駐車場もあり、しかも西湘バイパスに通じる国道１３４号線の沿線であり、車での交通の便もよかった。また道路をまたぐと歩いて５分で海岸に出られた。私は子供が小学校に入るまでは家族で頻繁にこの公園に通ったものである。この頃は幸せの絶頂だったと思う。

### ⑥ バス通勤風景

私は、自宅マンションからＪＲ平塚駅までバスで行き、平塚駅から戸塚駅までＪＲで通勤した。バスで約30分、ＪＲで約30分であった。バスは国道１２９号線の新道経由と旧道経由の二通りがあった。私は、バスの本数が多い旧道経由を利用することが多かった。

思い出に残る出来事は、3月の初めの深夜00：00過ぎに歩いて平塚駅から自宅マンションに帰ったことである。この日は大雪でバスが不通であり、妻に車での迎えを頼もうにも大雪で、車の運転は困難だったのである。真っ暗な深夜にひざ下まで積もる雪道を歩くのはきつかった。今になってはいい思い出である。

## ⑦　リンガーハット、バッハマン（ケーキ屋さん）

平塚に居住している間に、家族で外食したお店で記憶に残っているのは、以下のお店である。中でも最も通ったのはリンガーハット（長崎ちゃんぽん屋さん）である。

○リンガーハット
私達夫婦は麺好きである。しかし、平塚はソバ屋さんが多く、ウドン屋さんは少ない。ラーメンも醤油味である。九州はウドンが多く、薄味である。ラーメンは豚骨である。必然と九州味のチャンポンに行きついた。親はもとより子供でも大盛りを食べていた。

○バッハマン（ケーキ屋さん）

このケーキ屋さんは平塚駅の海側の出口のすぐ近くにあった。また海沿いの国道のそばにも支店があった。私の家族は何かの集まりがあったり、誕生日などにはこのお店のケーキでお祝いしたものである。とても美味しかった記憶がある。

## （4）神奈川県二宮町

昭和61年（１９８６年）、私達家族は平塚市のマンションから二宮町の古い一戸建ての借家に引越した。理由は、子供の生育環境には高層マンションは不向きだと考えたからである。高層マンションでは小さい子供が遊びに行きづらい。例えばエレベータの行き先階のボタンも手が届かない。そこで庭がある借家に引越したのである。

一方で、私の通勤時間は40分位増えた。ＪＲ東海道線の二宮駅は、平塚駅から小田原に向かって2駅目である。借家からＪＲ東海道線の二宮駅まで歩いて約20分かかる。二宮駅から平塚駅までは十数分かかる。この頃、私は勤務地が戸塚から、川崎市の幸区に異動になった。最寄りの駅はＪＲ横須賀線の新川崎駅であった。したがって、私は大船駅で東海道線から横須賀線に乗り換える必要が発生した。ここでの思い出は以下の通りである。

① 海岸散歩

借家は小高い丘の上にあった。借家のすぐ裏手に相模湾の海があった。細い遊歩道を通り10分位歩き、西湘バイパスの下をくぐると、相模湾の砂浜に出ることが出来る。私は悩みがある時は、一人でこの海岸に行き海を眺めていたものである。たまには家族と遊びに来た。家族でキャッチボールや凧揚げをした記憶がある。

② 公園での自転車の練習

小高い丘の上にある借家から少し下ると、小さな川のそばに小さな公園があった。私は、そこへ長男と散歩に行った。ある時は長男に子供用の小さな自転車に乗れるように練習させた記憶がある。2～3日で乗れるようになったと思う。この公園で長男は砂場、ブランコ、滑り台、鉄棒などで遊んだ。私はベンチに座って、それをじっと眺めていた。長男は4歳頃だと思う。今から思うと、仕事は辛かったがいい時代だった。

③　海の星幼稚園

長男はこの幼稚園に通った。ここでの思い出は「運動会」である。私は競技には参加しなかったが、義理の母が九州から出て来てくれたのである。義母を含めて家族で楽しくお昼の弁当を食べた。この幼稚園はキリスト教系だったせいか、みなさん上品な感じで良かった。

④　湘南平公園（ある老人の言葉）

ここは平塚と大磯の中間にある小高い山にある公園である。この公園は相模湾を一望でき見晴らしがよい。テレビ放送の中継塔もある。私達家族は平塚側から、時々車でこの公園に出かけた。あるとき家族４人で、大磯側からハイキングに行った。途中の山の中で、ある老人とすれちがった。このとき、老人が私に向かって「今が一番いい時ですよ」と言った。（長男５歳、長女２歳）何故かこのことは良く覚えている。この年（72歳）になってやっと、この老人の心境がわかったような気がする。あの頃は大変だったがなつかしい。

### ⑤「箱根駅伝」見学

借家から歩いて10分位の所に国道1号線が通っている。この道を正月恒例の箱根駅伝の選手達が走る。私は、都合がつくときは家族で見に行った。沿道で旗を振って応援した。

現在は自宅でテレビで見ている。箱根駅伝は東京～横浜～戸塚～平塚～小田原～箱根のルートである。私達家族には馴染み深い土地であり懐かしい。

## (5) 神奈川県平塚市宮松町

私は、平成2年（1990年）、平塚市の田村という所にあったマンション「秀和平塚レジデンス」を売却し、同じ平塚市の宮松町に完成した新築マンションを購入した。このマンションは名前は「コスモ平塚」である。

このマンションを購入した理由は、「JR平塚駅まで徒歩10分位で交通の便が良い」、「平塚市の中心地で、公共機関、スーパー、コンビニなどが近く、生活に至便である」、「マンションの質が良さそう」だった。ベランダから富士山や相模湾が見ることができた。さらに、近くには平塚市役所、市立図書館、サッカー場、野球場などがあり、子育ての環境にも優れていた。

**① 平塚八幡宮**

歩いて5分位の所に「平塚八幡宮」があった。この神社には本当にお世話になった。家内安全祈願、七五三のお祝い、初詣、境内散歩などで度々お世話になった。長女はこの公園（八幡公園）で自転車の練習をした。小学1年生の時だと思う。

**② 七夕まつり**

平塚の「七夕まつり」は規模が大きく、全国的に有名である。毎年7月初めに1週間くらい開催される。我が家から会場まで歩いて10分位であった。家族揃って出かけたこともある。道端に腰掛けて、北海道産の大きな「じゃがバター」や「焼きトウモロコシ」、「串焼き」などを美味しく食べた記憶がある。いい思い出である。

**③ 平塚市総合公園**

自転車で10分位の所に総合公園があった。ここは農業試験場の跡地で、敷地が広かった。私達家族は休日にはよく自転車で出かけた。こでは家族4人で三角ベースボールをした。子供達も喜んで遊んだ。

### ④　江ノ島までの自転車ツーリング

ある日の夕方、私と長男（9歳）、長女（6歳）の3人は、平塚の自宅から藤沢市の江ノ島まで自転車でツーリングした。理由は不明である。茅ヶ崎を通り江ノ島までの海沿いの行程である。無事に帰宅出来たが、帰途は夕立にあい、歩道橋下で雨宿りした。ちょっと不安だったが、いい思い出である。長女は小さいのに良く頑張ったと思う。

### ⑤　平塚市立図書館

この図書館は自宅から自転車で5分位の所にあった。私は、会社からの指示で資格試験（情報処理試験）の受験を勧められていた。また、部下の育成上も、自分が手本になる必要があった。そこで、私は、休日はこの図書館で必死に勉強したものである。お陰で無事合格することができた。この図書館には非常に感謝している。

## （6） 福岡市西区今宿

私は、平成5年（1993年）、46歳の時に川崎市から福岡市へ転勤になった。理由は九州電力、久留米市のシステムの受注が決まったからである。私が福岡県出身だということも関係したのかも知れない。当初は子供の学校（小6、小3）のこともあり、単身赴任であった。JR九州の吉塚駅そばの会社借り上げ寮（ワンルームマンション）に仮住まいした。

そして翌年3月、福岡へ家族を呼び寄せた。今度は一戸建ての借り上げ社宅だった。社宅の場所は福岡市西区今宿であった。ここはJR筑肥線（福岡市営地下鉄乗り入れ）の今宿駅から歩いて30分位かかった。社宅のすぐ裏は海で自然環境は良かった。しかし社宅は狭く、隣近所と密集していて住環境は好ましいものではなかった。しかしこればかりは、会社から与えられたものであり我慢するしかない。

私の勤務場所は川を隔てて、福岡ドームそばにある日立九州ビルであった。このビルは薄緑色の10階建て位のビルで、私はその8階に座席があったと思う。座席のすぐ後ろは博多湾の海辺であり（百地浜）、見通しは素晴らしかった。夏はこの海辺での花火大会も見ることができた。ここで、私は九州電力、大阪のＪＲ西日本、四国・香川県の百十四銀行の仕事をした。

九州電力のシステムの開発現場には40人位いたが、開発は、我々に電力業務（配電）の業務知識がなく、大混乱に陥った。半年以上の開発工程の遅れ、品質劣悪、性能未達成、大赤字などである。開発プロジェクトの要員は、日立の正社員は若い人が2～3人で、その他35人位は協力会社の社員であった。したがって私はまともな相談相手もなく、精神的・肉体的にはきついものだった。帰宅はいつも02：00時頃で、朝は立場上（当時、私は課長）08：00には出社していた。私は、タクシーも使えず、度々、妻に自宅から30分かけて天神まで、車で迎えに来て貰った。帰りに2人で「一蘭ラーメン」を食べたことは良く覚えている。

また、私は当時ここから東京（川崎）、大阪（南港）、四国の高松市へ度々出張もしていた。それこそ飛行機、新幹線を駆使して移動していた。ひどい日は早朝に福岡空港を出て羽田空港へ行き、川崎で打合せ、その後再び羽田から伊丹空港へ行き、南港で打合せして、伊丹から最終便で福岡へ戻ることもあった。これは私だけでなく、同じようなシステム開発の仕事をしている人は皆やっていた。今から思うとよく身体（精神、肉体）がもったものだと思う。日立関連会社に勤務した約33年間でこの時期が肉体的に一番辛かった。この時代の思い出は以下の通りである。

## ① 海辺の散歩と思索

今宿の借り上げ社宅のすぐ裏手は今津湾であった。私は時間があるとしょっちゅうここを散歩して、一人で防波堤に座って海をじっと見ていた。家族の将来のこと、両親、姉、親戚のこと、仕事のことなどを考えていた。あと神社仏閣やご先祖さま、自然の神々などへの祈念をしていた。私は、いつも心の中で「神様、仏様、ご先祖さま、どうか私共をお守り下さい」と祈っていた。私は酒も飲めず、ゴルフもカラオケもしない。しないというよりする暇がなかった。このため冗談を言い合う友人も、相談する知人も近くにはいなかった。私は、こうした行動を好む。一般の会社員なら暇があったら、パチンコや競馬、競輪などの賭け事をするかもしれないが、私は小心者のせいか、そういうことには興味はない。自然（海、河、山、木々、花、雲、星、植物、鳥、昆虫など）と心の中で語り合うのが好きである。

### ②　熊野神社散策

借り上げ社宅から歩いて10分位の小高い山の頂上に熊野神社がある。ここも時間がある時はしょっちゅう出かけた。入り口からすぐに、急な石の階段が続きかなりきつい。頂上付近に古い木造の地味な神社がある。この神社の裏手に少し開けた場所がある。ここからの展望は素晴らしいものがある。海を隔てた対岸に福岡ドーム、福岡タワーなどが見える。ここは殆ど人が来ないので、私は頂上の石のベンチに座ったり、寝そべったりしていろいろ考えたものである。

### ③　母との思い出

同じ福岡県の大川市で一人暮らしをしていた母を今宿の社宅に招いたことがある。母が体調を崩していたので同居できないか試したものである。しかし社宅が狭く、とても同居できる環境ではなかった。結果として母は社宅の近くの病院にしばらく入院し、退院後はまた大川市の実家に帰って行った。このとき、私は母と二人で今津湾の海岸沿いをドライブした。その途中に老人ホームがあった。こういう所に入れたらいいねと話した気がする。しかし、私は転勤中の身であり、何時また東京地区に呼び戻されるか分からず、このことは実現できなかった。母が真に希望していたか不明だが、申し訳なかったという気持ちで一杯である。

### ④　長男との思い出

私は単身赴任で先に福岡の独身寮に住んでいた。家族は神奈川県の平塚市に住んでいた。理由は忘れたが、家族を呼び寄せる前に、長男が入居予定の社宅を下見に来た。私の東京出張の往復に長男が同行したのだと思う。長男は私の独身寮に泊まった。そこで2人で瓦ソバを食べた。翌日、社宅の下見に行くため、2人で今宿駅から歩いている道筋に豚骨ラーメン屋さんがあったので、2人で食べた。

また、私達が福岡から羽田へ向かう時、大雪のため飛行機のダイヤが大幅に乱れ、私達は一緒の飛行機に乗れず、別々の便に乗るしかなかった。長男は小6だったが、羽田経由でJRに乗り無事平塚に一人で帰った。私は最終便に何とか乗れたが、羽田からJRがなく、東京・大森のホテル泊まりだった。小6の長男の度胸には恐れいった。

## (7)　大阪府東大阪市

平成11年（1999年）8月、私は九州支社（日立九州ビル）に在勤のまま、大阪府の東大阪市に単身赴任した。作業場所はＪＲ天王寺駅構内にある事務所であった。宿舎は日立の関連会社の独身寮だった。この寮は、ＪＲ天王寺駅から鶴橋に出て、そこで近鉄大阪線に乗り換え「俊徳道」という駅で下車して、そこから歩いて10分位で着いた。通勤は1時間位要したと思う。寮の部屋は6畳位の広さで備品は何もなく、殺風景なものだった。机、椅子、テーブルも買い揃えた。九州・福岡から送った荷物を解いているとむなしさを感じた。「何で50歳過ぎて、またこんな思いをしなくていけないのか」という思いである。

単身赴任の理由は、混乱したプロジェクトの応援である。私は、今までプロジェクトを混乱させ、応援を受けることが多く、応援に行ったのは初めてである。応援の要因はＪＲ西日本の旅行業システムの開発が混乱していたからである。私の任務はシステム開発の作業管理と顧客打合せ対応である。システムの内容は旅行全般の予約システムである。このシステムの特徴は1取引を流れ（フロー）として管理する必要があることである。例えば「切符発行～変更対応～旅行～旅館等への支払い～精算」で1件の取引が完結する。したがってかなり複雑なシステムである。私の単身赴任は半年間位で終了したと思う。

ここでの思い出は以下の通りである。

①「山辺の道」散策

ここは最古の道と言われ有名である。以前から興味があった。朝早く、使い捨てカメラを持ち一人で独身寮を出て行った。ソーメンで有名な三輪を通り、大神神社を抜けて向かった記憶がある。歩き初めてすぐに神秘的な池があり、途中には陵墓や古墳、遺跡、古いお寺、神社があった記憶がある。今でも覚えているのは、古いお寺に掲げられていた以下の文言である。

生まれ難き人間に生まれ、逢いがたき神仏に逢い、今日命あるは、有難や

②飛鳥寺（明日香村）

ここは蘇我馬子が建てた日本初のお寺として有名である。近鉄吉野線で飛鳥駅まで行き、駅前で借りた自転車で飛鳥寺までサイクリングした。ここは低い山なりの、のどかな場所である。なぜこのような場所が奈良時代以前の豪族の拠点になったのだろ

うか？

私がここで興味を持ったのは、この寺の近くにあった「水落遺跡」である。自転車で狭い道を通っていると、この案内が目につき、名字が私と同じ「水落」だったので立ち寄った。「水落遺跡」は中大兄皇子が作った日本初の「水時計」で、少しずつ水を流して時を計測していたようである。以前にＮＨＫの「ブラタモリ」でも紹介していた。

### ③　法隆寺

大阪のＪＲ天王寺駅からＪＲ大和路線の法隆寺駅まで行き、そこから歩いて法隆寺まで行った。法隆寺は聖徳太子ゆかりの寺院である。五重塔、夢殿などをゆっくり見学した思い出がある。法隆寺は田んぼの中にあった。東大寺、薬師寺、興福寺など有名なお寺は町の中の、広大な敷地に建立されているが、法隆寺は田んぼの中に建てられている。なぜこんな所に建てられたのか疑問をもった記憶がある。飛鳥寺も田んぼの中にある。奈良時代以前はこういう場所が重要だったのかも知れない。帰りは稲の取り入れが終わった田んぼの沿道や、柿が実った家の隣を通る、ハイキングコースの道をたどり駅に向かった。

## ④ 大阪城

ここも有名である。確かに大きな堀や公園に囲まれ、敷地は広大である。しかし「城」自体の中身はコンクリート作りでガッカリした記憶がある。九州の熊本城もそうである。まるでデパートのようである。私は信州の松本城、四国の高知城が好きである。理由はお城の中がすべて木造で天井や階段が低く、昔のお城の雰囲気がある。

## ⑤ 通天閣・難波（道頓堀・法善寺横丁）

○通天閣

ここは狭い通りに将棋の店、串揚げ店が多かった記憶がある。通天閣のタワーにも上った。タワーには日立の大きな広告塔があった。この展望台のみやげ店の前に「ビリケンさん」という大きな作り物があり、その足裏に触ると御利益があると言われていた。またキーホルダも売られていたので購入した記憶がある。

○道頓堀

道頓堀は有名なので行ってみた。テレビでお馴染みの風景であった。道頓堀川にかかる橋上の賑わい、グリコの広告塔、大きなカニ店の動く飾り広告などである。実際に行ってみるとあまり感動するものはない。

○法善寺横丁

ここは道頓堀のすぐ近くで、脇道の通りである。昔、「月の法善寺横丁」という演歌があった。この歌はヒットしたので、私も覚えていた。そこで、どんな所だろうかと思って訪ねてみた。そこは人がすれ違うのがやっとの狭い、飲み屋さんの通りである。通りの長さも短く、ちょっとガッカリした記憶がある。

### ⑥　北新地

ここはＪＲ大阪駅近辺の高級飲み屋街だそうである。東京で言えば銀座に相当するのだろうか？　私は酒を飲めずこんな場所には来ることはないが、あるとき関西支社の営業マンの接待に同行して行った。我々労働者が来る所ではないことを実感した。

## （8） 香川県高松市

平成12年（2000年）、私は九州支社に在勤のまま、今度は四国・香川県高松市の「百十四銀行」のシステム開発の応援に行くことになった。今度は単身赴任ではなく、高松のビジネスホテル（東横イン）を定宿としての対応だった。原則として、毎週月曜日の午前中、日立九州ビルに出社し、午後一番に高松に向かった。福岡から高松への移動手段は空路と新幹線を利用した。空路は福岡空港から高松空港へ向かったが、飛行機は定員30人位の小さいプロペラ機で揺れがひどく、エンジンとプロペラの音がうるさかった記憶がある。

新幹線利用では、JR博多駅から岡山へ向かい、岡山からはJR四国の急行列車で瀬戸内海を渡って行った。瀬戸大橋からの島々の眺めは素晴らしい。

百十四銀行での仕事の内容はシステム開発の管理（要員、工程、品質など）と顧客との会議対応である。このシステム開発体制は複雑であった。最終の顧客は百十四銀行だが、開発の受注元はNTTデータであった。日立側はNTTデータから再受注したものである。顧客に力がない場合はこの形態の体制がよくある。私はNTTデータとの仕事は初めてだった。

月1回の工程会議には百十四銀行の部課長とNTTデータの部課長が出てくる。日立側も同じく部課長が出る。私は課長としての立場で出席した。NTTデータからの質問、要求（叱責）はするどく、いつも針の筵（むしろ）に座っているようだった。

ここでは、以下のようなことが思い出に残る。

## ①　ゆめタウン、ロイヤルホスト

私達の勤務場所は高松市の中心部からタクシーで20分位の市街地にある、百十四銀行のコンピュータセンターであった。このセンターの1室を借りて作業していた。このセンターの通りの向かいに「ゆめタウン」があった。私達は毎日のように、このショッピングセンターに買い物に出かけた。弁当、お菓子、飲み物、薬などである。

「ロイヤルホスト」は深夜食である。銀行のセンターの門限は01：00である。01：00には銀行を退出しなければならない。我々は毎日のように01：00に銀行を出て、タクシーでビジネスホテルに向かった。そして、近くにある深夜営業のロイヤルホストで仲間と食事した。今になって思うことは、こういう乱れた生活、食事が糖尿病の原因だろう。

② 東横イン

このホテルには本当に大変お世話になった。毎週初め福岡から高松に来てここに宿泊し、週末は福岡に帰る生活を半年位続けたと思う。週末に福岡へ帰るとき、次週の予約を行う。ホテルの社員さんとも顔なじみになり、融通を利かせてくれるようになった。朝は同僚と相乗りでのタクシー出勤である。タクシーしか交通手段がなかったのである。

③ 干天の慈雨（銀行の課長さん）

ＮＴＴデータの部課長はいつも厳しかったが、百十四銀行のある課長さん（Ｏ氏）はやさしい人だった。毎日が針の筵状態の私には、Ｏ氏の存在は、五木寛之さんの本に出てくる「干天の慈雨」だった。エピソードを３つ覚えている。しかし、なぜＯ氏が優しいのか不明である。

（ｉ）　**備品の提供**

私達は銀行の会議室を借用して、引き出しのない長机を使い、そこにパソコンを置いて作業していたが、コピー機がなく、ホワイトボードの台数も不足していた。このときＯ氏が、我々の惨状を見かねて、我々が依頼する前に気遣いをして、これらの提供を申し出て戴いた。これは本当に助かった。

（ii）　**銀行・ＮＴＴデータ側の情報の事前提供**

百十四銀行、ＮＴＴデータとの会議は苦痛だったが、Ｏ氏は我々の苦労に同情されて、会議の前の日に、「明日はこういう質問をされますよ」とか「銀行は今こういう状態ですよ」といった内部情報を事前に教えてくれるようになった。これには助けられたものである。本来なら開発仲間であるべきＮＴＴデータから、こういうアプローチがあるべきだと思った。

（iii）　**自宅への一泊招待**

ある週末、私は、仕事の都合で福岡へ帰ることが出来なくなり、ビジネスホテルに宿泊することになった。このことを知ったＯ氏は、私を自宅へ招待してくれた。自家用車で、ホテルまで迎えに来てくれて、奥さん手作りの料理を戴き歓談した。私は、多くの大企業相手の仕事をしてきたが、このような経験は初めてであり、感動したことは言うまでもない。私は、ゆめタウンで買ったメロンとお菓子を手みやげとして持参したが、とても足りるものではない。

## ④　NTTデータ部課長との送別会

プロジェクトは総合テストの終盤で、まもなくシステムが完成する日が近づいていた。ある日、私は社命により、日立製作所の子会社へ転属することになった。私が、このプロジェクトを離れる前日の夜、私が恐れていたNTTデータの部課長が、私の送別会を開催してくれた。私は気乗りしなかったが、立場上しかたなく出席した。近くの居酒屋で3人で話し合った。私は、嫌味を言われたり、叱責されることを想定していたが、意外にもなごやかなものだった。私へのお礼や感謝の言葉が出てビックリした。

私の前任の課長は途中でこのプロジェクトを離脱したようである。その後任が私だったのである。「よく我慢してくれた」ということかも知れない。その頃読んでいた小説「沈まぬ太陽」で話が盛り上がったのを記憶している。この本の主人公は、航空会社の社員で、正義を貫き、左遷や孤立させられる中で孤軍奮闘した物語であった。

## (9) 横浜市戸塚区東戸塚

私は、平成12年（2000年）8月末、日立製作所を退社し、子会社である「日立電子サービス（電サ）」への転属を命じられた。そして9月に（電サ）での勤務を開始した。私は、また家族を福岡に残し単身赴任生活になってしまった。子供達は長男が大1、長女が高1だったと思う。

私が勤務する（電サ）は、JR横須賀線の東戸塚駅から徒歩で10分位の小高い丘の上にあった。確か4階建てくらいの地味な建屋だった。しかし、この会社の事業は日立製のコンピュータの保守サービスを行うものであり、全国に支社、営業所がある。私の仕事は、この会社の社内情報システムの開発・運用の管理であった。職務上の待遇は部長であった。仕事の性質上、残業や出張はなくなった。

個人的な生活は、（電サ）の本社から徒歩20分位の独身寮であった。例によって部屋は6畳の何もない畳部屋である。私はコタツ卓、座椅子などを購入した。食事は朝、夕が提供される。今度の職場は出張・残業がなかったので、日曜日以外は毎日お世話になっていた。週末に出るカレーライスが楽しみだった。

私は、この時期、毎月給料日に子供達に向けて手紙を書いた。そして、長男は八王子、長女は福岡に郵送した。目的は親子の会話である。私が単身赴任や出張ばかりで親子の会話が出来ないので、それを補うものである。テーマは時事問題や私の教訓じみた話である。子供は面と向かっては親の話は聞かないが、手紙なら読んでくれるだろうと思った。今度の職場は残業や出張がないので、こういう時間が十分にあった。後日、聞いたら二人とも読んでいた。

### ① 長男との食事・旅行

当時、長男は東京・八王子のアパートに住んでいた。中央大学法学部の1年生だったと思う。私は2ヶ月に1度位長男のアパートに出かけ食事した。いつも行ったのはジョナサンというレストランだった。こういうことが出来るのが今までの単身赴任とは違った。

この時期に長男と2回旅行に行った。1回は信州・上高地である。特急あずさ号で松本に向かい、松本からさらに電車、バスに乗り上高地に着く。有名な河童橋を抜け、梓川沿いを上流に向かって宿舎まで歩いた。私は、上高地が大好きである。

2回目は確か新潟県の妙高高原だった。これはバスツアーである。JR横浜駅からバスに乗り、途中で食事をとり名所を巡り、ホテルでビュッフェ形式の食事をした。期待していたカニは小さく、水っぽくて、ガッカリした記憶がある。

### ② 家族が訪ねてきた

九州・福岡から妻と長女が、こちらに観光で出かけてきたことがある。そのとき、長男も八王子からこちらに来て、家族3人が私の独身寮に一泊した。その後、寮の近くのリンガーハットでチャンポンを食べた。私の部屋の汚さに家族があきれていた。

## (10) 横浜市中区小港

横浜市戸塚区の日立電子サービスに勤務していた私は、平成14年（2002年）1月に横浜市中区にあるURの賃貸住宅に引越した。この賃貸住宅の名前は「ビューコート小港」だった。建物は15階建てくらいだった。これが6棟あり大規模な団地だった。ここは横浜・山下公園に歩いて10分位で、商店街も近く、また賃貸住宅のすぐ裏手は海であり、私は休みにはよく散歩したり、考え事をしていた。

ここに引越した理由は、長女（高2）が将来、東京地区の大学に進学見込みだったからである。長男（大2）はすでに東京・八王子の学生アパートに住んでいた。ここであれば将来、家族4人が住んで、会社および大学に行ける。これで久し振りに家族4人で住めることになるからである。この時期は私の人生の中で一番恵まれた黄金時代かも知れないと思う。この時代の思い出は以下のようなことである。

## ① 図書館通い

ＪＲ京浜東北線の桜木町駅から徒歩10分位の所に、横浜市立図書館、神奈川県立図書館があった。ここに引越してから、私は、会社員時代は週末、退職後は毎日のようにこれらの図書館に自転車で通った。自転車で20分位だったと思う。目的は資格試験の受験勉強である。退職後に役立つかも知れないと考えて情報処理試験の「システム監査」の勉強に励んでいた。途中は山下公園、赤レンガ倉庫など風景も素晴らしいものだった。私は、帰りには山下公園のベンチに座り、海を見たり、羽田を離陸する飛行機を見ていたものである。またお昼の弁当は妻の手作りだった。弁当は県立図書館裏の小高い山の公園のベンチで食べた。

### ②　山下公園（赤い靴の少女像）

ここは通勤のバス通りでもあり、自宅からも近く、退職後は毎日のように通った。印象に残るのは大きな銀杏並木、バラの花、大桟橋、山下埠頭、遊覧船などである。なかでも印象に残っているのは「赤い靴の少女像」である。それは公園の中央の海沿いの通りのそばに、ひっそりと建立されている。注意していないと気付かないくらいだ。私は、なぜか少女像がいとおしく手でなでたものである。「異人さんに連れられて行っちゃった」という詩が心に残る。

### ③　中華街・元町

ここは山下公園のすぐ近くにある。また横浜マリンタワーもある。私達家族は頻繁に出かけたものである。特に食べ放題の中華料理はよく覚えている。食べ放題でも大皿の作り置きではなく、注文して出てくる形式であり、食事は大変美味しかった記憶がある。また中華街は会社の忘年会などで何度もお世話になった。

### ④　自宅前のソバ屋さん（みなと庵）

賃貸住宅の前にあった「みなと庵」は思い出の場所である。天ぷらと山もりのざるソバが美味しかった。これはメニューでは「富士山もり」と呼ばれていた。

## (11)　ふるさとへ（福岡県大川市）

私は平成18年（２００６年）１月27日に横浜市から生まれ故郷である大川市に引越した。59歳であった。当時は横浜市中区のＵＲ賃貸住宅（「ビューコート小港」）に家族３人で住んでいた。私と妻、長女の３人である。長女は東京の大学３年生であった。長男は関西学院の大学院１年で兵庫県・西宮に住んでいた。この引越しの理由は全く予想もしないことだった。

引越しの前年（２００５年）の11月８日、20時頃、義理の母から、横浜の私の自宅に電話があった。用件は「義母の実家が他人の手に渡るので助けて欲しい」というものである。それも今晩中に結論を出す必要があるという、切羽詰まったものであった。

私の子供は2人共まだ学生だし、お金にも余裕はなかった。当初、私は断ったが、義理の母に泣いて頼まれ最後は承諾した。私が承諾した理由は、「親の願いを断ると先々後悔するだろう」という情緒的なものだった。

この決断を翌朝までに出さねばならなかったのは、本当に辛かった。資金の見通しの計算を何度も行った。私も家族も横浜が好きだし、ここに住んでいたかった。まして長女は大学3年生である。この判断が良かったのか悪かったのか分からない。良い面と悪い面があるだろう……。その義母は昨年（2019年）、101歳で逝去された。

翌年（2006年）1月27日、私達夫婦と長女の3人は横浜から福岡県大川市へ引越した。この時に助かったのは長女が3年生の終わりまでに、大学卒業までの単位をすべて取得していたことである。これで家族3人で大川市へ引越すことが出来た。最悪の場合、長女は1年間東京でのアパート暮らしを覚悟した。

現在（2020年8月）、私は義母の実家に住んでいる。ここから900m位離れた所に私の実家がある。この家は2000年に私の母が亡くなってから、ずっと空き家のままである。私と両親と姉が住んだ家である。ここには私の両親の仏壇も遺影もある。また姉の写真も飾っている。私は折々に空家の実家に出向き、仏壇に手を合わせ感謝の祈りをしている。こういうことが出来るのは引越してきたお陰である。

14年過ぎて、私の家族環境も変化した。長男は地元の大川市の職員に採用され、長女も隣の市である筑後市の職員に採用された。私が家を離れて全国を飛び回る仕事をしていたので、子供達は安定した職業を選択したのかもしれない。今、私は母が言っていた言葉を思い出す。私が就職する時に母は私に「小学校の先生か市役所に勤めて欲しい」と言った。孫の世代になってそれが実現した。残念ながら母はそれを見ることなく逝ってしまった。あと10年長く生きていたらと思うと残念至極である。

私は大川市には親しい友人はいない。だから横浜での生活が恋しい時もある。しかし、大川市の2つの実家には、庭、畑、植木など自然と触れ合える環境がある。さらに先祖の仏壇、お墓もある。そして、高木病院もある。年老い、病を得た今は「大川市も良いかな」と思っている。

# 7　趣味

## (1) 乗り物

私は、会社員時代に国鉄（ＪＲの前身）、航空機、船舶に乗り日本全国を旅した。それは仕事で行ったもの、一人で行ったもの、家族や職場の仲間と行ったものである。印象に残っているのは以下のようなことである。

### ① 国鉄（ＪＲ）

私は、両親が福岡県大川市で２人暮らしだったので、毎年盆暮れ、ゴールデンウィークなどには、仕事が許すかぎり帰省していた。この際利用したのが国鉄であった。当時は夜行寝台特急列車があり、東京～博多間を何回も利用した。「あさかぜ」、「はやぶさ」、「さくら」、「富士」などである。なかでも「あさかぜ」が一番なつかしい。

長男が2歳の時、「あさかぜ」を利用して2人で帰省した。目的は両親に長男を見せるためである。2人だったのは妻が長女を妊娠していたからだと思う。この旅行は辛かったが、いい思い出でもある。私は両親を喜ばそうとビデオカメラを持参した。これは当時は大きくて重かった。テレビ局のカメラマンが肩にかついで撮影するようなものである。これがジュラルミンの大きなケースに収められていた。さらに大きな旅行カバンを抱え、ヨチヨチ歩きの長男連れの旅である。私も風邪気味で体調が悪かった。何とか無事旅行をこなし、横浜から平塚に帰る時、東海道線に乗車したが電車が混んでいて座れなかった。そんな中で長男が眠りだした。私が長男を抱いて苦労していたのを見て、座っていた会社員の人が席を譲ってくれた。この人の思いやりが今でも心に残る。この時は本当に助かった。

帰省ではJRの企画列車であるカートレインに2回乗車した。この列車は人と車を運ぶものである。列車の前方に客車があり、後方に貨車があった。私達家族は2回これを利用した。1回目は東京・恵比寿~東小倉間であり、2回目は名古屋市の熱田神宮~東小倉間である。寝台列車がなくなったので、もう乗ることはできない。これは助かった記憶がある。

仕事では東京と大阪を結ぶ夜間の急行列車「銀河」、東京と高松を結ぶ夜行寝台列車「サンライズ瀬戸」も利用した。これらは航空便がなくなった深夜出発のため、時間の有効活用ができサラリーマンの利用が多かった。特に「銀河」はよく利用した。

新幹線はあまりにも利用が多すぎて印象は薄い。東京から名古屋、大阪へは何度も乗車したものである。印象に残るのは、行きの車内の座席では資料を見て仕事し、帰りの車内で食べる駅弁とつまみが美味しかったことである。天気がよい日の雪を被った富士山は綺麗であった。見えなくなるまで眺めていた。

## ② 船舶

帰省の時はフェリーを利用したこともある。東京・有明～門司港間を結ぶ航路である。福岡県の実家は車がなく、結婚してからの帰省では移動手段として車が必須であった。切符が入手できない時は高速道路を利用して横浜から帰省したことが5回ある。途中のＳＡでの休憩・食事がなつかしい。足柄ＳＡ、海老名ＳＡは規模が大きく印象に残る。

③ 飛行機

飛行機は仕事、帰省、旅行（個人、家族）で頻繁に利用した。利用した空港は「羽田」、「成田」、「福岡」、「名古屋（小牧）」、「釧路」、「伊丹」、「関西」、「高松」、「佐賀」、「新千歳」、沖縄の「那覇」、「広島」等がある。これらの空港は通過するだけであまり印象はない。思い出すのは高松空港の「ぶっかけウドン」と福岡空港の「豚骨ラーメン」の味である。

飛行機旅行で印象に残るのは「新千歳空港」の大雪である。確か3月頃だったと思う。旅行会社のツアーに家族で参加した時である。この日は大雪で飛行機の欠航が多発していた。我々の便も欠航寸前だったが、我々はかろうじて乗ることができた。同じツアーに参加していた人の半分位は乗れなかったようである。雪の影響は福岡空港から東京へ向かう時も体験した。そういうことで、私は飛行機にはあまり良い印象はない。

④ 自家用車

私の自家用車の遍歴は以下の通りである。

○ホンダ・シビック
○ホンダ・アコード
○日産・ブルーバード
○マツダ・ＭＳ８
○ホンダ・ＮＢＯＸ
○ホンダ・ＮＶＡＮ

これらの車には家族の成長の一端を担ってくれたと感謝している。買い物、学校・会社の送り迎え、旅行を支えてくれた。なかでもマツダ・ＭＳ８は、５回も横浜〜福岡往復の帰省に利用すると共に、横浜、福岡での20年間の生活を支えてくれた。２０００ccのセダンで走行距離も17万キロに達していた。エンジンなど走る分には問題なかったが最新の装備（ドライブレコーダ、ナビ・ＴＶ、ＥＴＣなど）への対応が難しく、またセダンのスポーツタイプのため車体が低く、背中を屈めて乗り降りする必要があり、年をとると乗り降りが苦痛になった。さらに車体も大きく老人には運転し辛いものになってきた。そこで軽自動車に買い換えた。現在はＮＶＡＮを私が、ＮＢＯ

Xを妻が使用している。現在はこの車で満足している。

## (2) 観光地・旅行

私は、独身時代の「一人旅」、会社の「職場の仲間との懇親旅行」、「仕事を利用しての観光」、結婚後の「家族での観光旅行」、「亡き両親との旅行」など、いくつかの思い出がある。

### ① 独身時代の一人旅

#### (i) 信州・上高地周辺(長野県)

長野県の松本駅から松本電鉄上高地線に乗り換えて終点の新島々に行く。そこからバスに乗り30分位で上高地のバスセンターに到着する。ここから梓川沿いを歩いて河童橋に向かう。散策の途中で焼岳、西穂高、穂高岳などが見える。清流と白樺林、雪を被った山々の風景は素晴らしい。上高地には3度訪れたが、何度来ても素晴らしい。

#### (ii) 尾瀬国立公園(群馬県)

東北本線の郡山駅でJR磐越西線に乗り会津若松に向かう。途中で猪苗代湖、会津若松の鶴ヶ城を見学する。詳細な記憶はないが、会津若松からはバスで尾瀬に向かった。尾瀬は群馬県、福島県、新潟県にまたがる高原にある。木で作られた遊歩道沿いの湿原に咲くミズバショウの花は可憐で清楚な感じで美しかった。

**(iii) 奥入瀬川・十和田湖（青森県）**

奥入瀬川は、青森県の十和田湖にそそぐ渓流である。私はこの一部を散策した。私がここを旅したのは、八甲田山に登る為であった。八甲田山は新田次郎さんの小説「八甲田山死の彷徨」で有名であった。これは映画も作られ、主人公は私の好きな高倉健さんだった。そこで八甲田山に行ってみたいと思ったものである。この近くに奥入瀬川・十和田湖があったので立ち寄った。ここも上高地の梓川に劣らずきれいで、思い出に残る。

**② 職場の仲間との旅行**

**(i) 新穂高温泉ロープウェイ（岐阜県高山市）**

愛知県名古屋市にあった東海銀行の仕事で名古屋市に駐在している時、仲間5人位と飛騨高山・新穂高温泉に1泊旅行した。新穂高温泉のホテルに宿泊し、その近くにあるロープウェイでスキー場に行った。私はスキーの経験はなかったが、何とかリフトに乗りスキー場に行った。その日は快晴であった。そして展望台で素晴らしい光景を目にした。雲一つない青空に雪を被った北アルプスの山々の連峰を目にすることができた。これには感動した。こんな山は九州では見ることは出来ない。スキー場の係員が「こんなに天気が良いのは、年に2~3日しかない」と言ったことを覚えている。本当に幸運だった。ちなみにスキーは上達せず帰りは、またリフトで降りてきた。これは恥ずかしかった。あとで聞いた話では、このスキー場は山岳スキー場で、平坦な場所はなく、上級者向けとのことであった。

職場旅行の中では、この旅行が一番の思い出である。私はいつか北アルプスの山のどれか一つに登りたいと思った。一通り登山用具は買い揃えたが、結局希望は叶わなかった。理由は時間と体力である。残念至極である。のちに長男と明神岳の麓までは行ったが……。

### (ii) 富士山登山(静岡県富士宮市)

懇親会を兼ねて職場の仲間10人位で富士山に登った。女性も2~3人いた。登山の起点は富士宮口5合目であった。岩場ばかりが続き、登山者が多く、先を行く人のお尻を見ながら登った。登山者がヘッドランプをつけていたので、頂上までの登山者の列が蛇行しながら続くのを見ることが出来た。頂上まで視界を遮るものは何もない。これには驚いた。富士山は二度登るものではない。しかし一度は登ってみても良いかもしれない。しかし私は、後日再び登ることになった（義理の姉の中学生の長男の付き添いで……）。

**(iii)　熱海、日光（鬼怒川）、草津、伊豆、箱根**

これらは殆ど忘年会である。ホテル・旅館に一泊して、付近の観光施設を見て、夜は宴会である。私は、酒が飲めないので宴会が苦手である。付き合いで仕方なく参加していた。日光の東照宮以外はあまり記憶がない。

## ③　仕事を利用しての旅行

**(i)　アメリカ西海岸（ラスベガス）**

2002年11月、55歳の時、私は会社の費用でアメリカ西海岸に10日ぐらいの日程で旅行することが出来た。表向きの出張目的はラスベガスで開催された「通信技術展」の視察である。大きな展示場にアメリカ、韓国、中国などの製品が展示されていた。残念ながら日本メーカーの出品はなかったと思う。これを利用して、私は「グランドキャニオン」、「死の谷」、「金門橋」などを観光した。またスロットルマシン、ルーレットなどで遊んだ。成果はなかった（損もなく儲けもない）。

### （ii）仙台

これは旅行というほどでもない。当時の部下のご尊父の葬儀に会社を代表して出席したものである。東京から日帰りである。しかし仙台駅で食べた牛タンが美味しかったので記憶に残る。

## ④ 家族との旅行

### （i）新婚旅行

1981年（昭和56年）、私は33歳で同郷の妻と見合い結婚した。結婚式は福岡・天神にあるデパートの大丸が入るビルだった。新婚旅行は三重県の伊勢だった。ここにした理由は、当時三重県鈴鹿市に姉が嫁いで住んでいたので、東京（横浜）へ帰る途中で立ち寄るためである。伊勢神宮や夫婦岩などを見学した。

**（ii）伊豆・箱根・河口湖・山中湖・真鶴・江ノ島**

これらの観光地は子供達がまだ小学校に入学する前に、会社の保養所を利用して行ったところである。保養所は抽選であり休日はなかなか予約がとれないので、会社を休み平日に行った。いずれも素晴らしいところである。伊豆は義母と一緒に行った記憶がある。

**（iii）北海道・四国（高知）**

ここは家族4人で2回行った。道東地区（釧路など）と道南地区（函館など）をツアーで行った。確か3泊4日だったと思う。印象に残るのはトマムのホテルである。ここのホテルは設備も良かったが、バイキングがすごかった。寿司、天ぷら、カニなど大きくて豪華な料理が食べ放題だった。さすがに北海道だと感心したものである。家族旅行はツアーであり、観光バスで釧路湿原、摩周湖、阿寒湖、小樽、登別、夕張、札幌、函館などに行った。

さらに私は一人旅で北海道と高知に旅した。これは会社からの褒章である。勤続25年で25万円相当の旅行券と1週間の休暇を与えられたのである。この時、私は一人で福岡から釧路へ行き、釧路からＪＲで網走、根室へ一人旅した。ここへ来た理由は高倉健さんの映画「網走番外地」の網走刑務所を見るためである。網走へはＪＲ釧網線で釧路から3時間位走る。この間ずっと同じ風景（草原）が続く。さすが北海道だと思ったものである。

釧路～根室間もＪＲで同じような風景が続く。根室本線の厚岸まで行き、すぐ釧路へ帰った。本当はこの先にある根室・納沙布岬まで行きたかったが時間がなかった。やはり、ローカル線は列車の本数が少なく時間に余裕がないと難しい。私はこのようにあてもなく、ぼんやりと列車に乗り、流れ行く車窓の風景を眺めるのが大好きである。

北海道から帰った後、私は福岡から四国の高知へ行った。高知へは福岡から高速バスで別府に行き、別府からフェリーで宇和島へ渡った。ここからは山あいを走るＪＲに乗り、車窓の風景を見ながらのんびりと高知へ向かった。高知では桂浜、高知城が印象に残る。

**(iv)　別府、天草**

ここは温泉と食事の旅行である。福岡に戻ってから私達家族は、別府と天草の温泉を頻繁に利用した。価格が安いのに料理も設備も素晴らしい。天草は海岸散歩に行けた。

**(v)　ロンドン、パリ**

2014年（平成26年）、私は長男と2人でロンドンとパリを旅行した。これはツアーでなく長男が自ら企画・手配したものである。長男がスマホを駆使して連れて行ってくれた。福岡空港から出発し、オランダのアムステルダムで乗り換え、ロンドンへ行った。その後ロンドンからパリへは特急列車で移動した。印象に残るのはルーブル美術館、セーヌ川、エッフェル塔、大英博物館、中世の教会などの古い建物である。

**(vi)　香港**

2013年（平成25年）、私は長男と香港旅行をした。福岡空港を出発し、台湾で乗り換え香港へ向かった。香港はベランダのない細い高層ビルが目立った。狭い土地に人が多いという印象がある。これはツアーだったがホテル、料理は良かった。

**(vii) 九重山、韓国岳登山**

これらの山には家族で行った。九重山は登りはじめは急な坂できついが、あとはなだらかで登り易い山だと思う。我々は牧の戸峠から登った。登山者が多く駐車するのが大変であり、早く出かけた記憶がある。韓国岳は宮崎県えびの市にある。山の印象は残っていないが、長女が体調を崩し、車で待機したので3人で登ったのを覚えている。

**(viii) 神奈川県中郡二宮町・吾妻山ハイキング**

旅行ではないが、ここは思い出の場所である。平塚市や二宮町に住んでいた頃、買物の都度、ハイキングしていた。買物の店は西友というスーパーであった。この店の駐車場に車を止めて出かけた。この駐車場から吾妻山への登山口に行く途中に牛舎があり、牛が数頭いた。子供が小さい頃はよく牛を見ていた。吾妻山の頂上までは30分位で行けた。頂上までの道中には小さな動物園があった。「うさぎ」や「ヤギ」、「鳥類」が飼われていた。また頂上にはいろんな遊具が設置されていた。天気が良い日には遠くに富士山も見ることができた。ここの帰りに外食して帰宅するのが楽しみだった。

### (ix)　大磯ロングビーチ

神奈川県中郡二宮町の借家に住んでいたが、この近くに当時有名だった大磯ロングビーチがあった。長男と長女が小学生の頃、ここのスイミングスクールに入学した。私は都合がつく時は車で送迎した。スイミング（シンクロ）の先生は当時有名な小谷実可子さんだった。このおかげで夏のプールも安く利用でき、家族でよく出かけた。

### (x)　南九州ドライブ

2015年（平成27年）、家族で大分県・別府から宮崎の高千穂峡、青島、鵜戸神宮さらに鹿児島の霧島までドライブした。これらはお馴染みの観光コースだが、私の印象に残っているのは宮崎の都井岬の自然放牧の馬である。海岸の崖の草地で十数頭の馬がゆっくりと過ごしていた。あくせく働く我が身に比べるとうらやましい限りである。

## （3）本・読書（好きな本）

私は高校生の頃、母から「本を読んだら」と言われたことを覚えている。しかし、私は漫画は読んでも本を読むことはなかった。しかし、私は28歳頃、当時の東海銀行の仕事で名古屋市に常駐して作業している時に、ある上司（主任　I氏）から読書を勧められた。彼は「こういう本を読んだら」ということで「実業の日本」（現在はない？）というサラリーマン向けの雑誌を紹介してくれた。この雑誌はサラリーマンの自己啓発（英語、文書の書き方、政治・経済、読むべき本の紹介など）の方法を載せていた。この雑誌は月刊誌であり、月ごとにテーマが変わっていた。

私はこれを契機に「実業の日本」を定期購読し、そこで紹介された本を読み、読んだ本の参考文献で紹介された本も読んだ。そして新聞の読書欄や新聞広告で知った本も読むようになった。読み始めの頃に読んだ本で印象に残っているのは「点と線」（松本清張　作）、「関が原」（司馬遼太郎　作）である。

それ以来、私はいろんなジャンルの本を読み始めた。歴史本、文芸本、推理小説、仕事の専門書、各種雑誌などを購入して読んだものである。ピーク時、蔵書は３００冊くらいになったと思う。私は、読書する本は図書館で借りるのではなく、本屋さんで購入した。この理由は以下の通りである。

○手元にあればいつでも何度でも読める
○本に書き込みができる
○本は文化的な財産である

私は、「読書とは精神的な食べ物」だと思う。そして「読書なくして精神の成長はない」と思う。読書の習慣の効果は言うまでもないが以下のようなものだと思う。

○読書すれば物事を見る視野が広くなる。読書しない人は自分だけの知識・経験だけで物事を判断しがちである。世の中にはいろんな考え方や見方がある。
○読書すると物事に対処する時の考え方が感情的でなく、論理的・冷静になると思う。本のストーリーは殆ど論理的である。また起承転結がしっかりしないと本にはならない。本を読んでいると、自然とそういう考え方が身に付くと思う。

私は、今は読書量は大幅に減った。時々新聞広告で見た単行本、文庫本を買って読む程度である。定期購読しているのは月刊誌「選択」だけである。たまに気が向けば昔読んだ本を再読している。就寝時のベッドでの読書は眠り薬になっている。これは幸福な時間かも知れない。

最近の私は以下の本（①～⑥）が実生活に役立つ（気持ちの持ち方）と考え、机の近くの手の届く所に置いている。悩んだ時や辛い時に時々目を通している（順不同）。

①「生き方」……著者：稲盛和夫　出版：サンマーク出版

著者は「京セラ」の創業者。若い頃の結核罹患、大学受験、就職試験の失敗などの挫折体験に基づく人生論である。「心の持ち方を変えた瞬間から、人生に転機が訪れ、それまでの悪循環が断たれて、好循環が生まれた」など実体験事例が多く、分かりやすい。

②「生きかた上手」……著者：日野原重明　出版：ユーリーグ

著者は医師で著作時は聖路加国際病院理事長。医師として長く患者と対峙した実体験に基づく人生論。米国の哲学者レオ・バスカーリア作の絵本「葉っぱのフレディ」などが紹介され、人の死生観、病気に対する考え方など具体例が多く分かり易い。

③「大河の一滴」……著者：五木寛之　出版：幻冬舎

著者は、有名な作家である。著者は終戦直後、家族と共に朝鮮半島から引き揚げ、苦学して早稲田大学に入学した。しかし経済的には貧しく、授業料滞納で除籍された。自殺を2回考えたり、血を売ったり、野宿したこともあるという。そういう人生体験に基づく人生論である。「人間の一生は苦しみの連続である。こういうマイナス思考を覚悟して、苦しい日々の生活に耐え、立ち直るべきだ」という。辛い時に読むと慰められる。

④「不幸な国の幸福論」……著者：加賀乙彦　出版：集英社新書

著者は、精神科医師、心理学者。東京医科歯科大学助教授、上智大学教授歴任。具体的な事件や、それに基づく日本における幸福を阻む考え方について言及している。

さらに、そういう日本において、幸せに生きるための「老い」と「死」に対する考え方を示されている。私は3回位読み直した記憶がある。

⑤「置かれた場所で咲きなさい」……著者：渡辺和子　出版：幻冬舎

著者は、修道者。ノートルダム清心学園理事長。

著者は「置かれたところで自分らしく生きていれば、『必ず見守っていて下さる方がいる』という安心感が、波打つ心を鎮めてくれるのです」と言う。不遇な時に読むと心が穏やかになる。マイナス思考をプラス思考に変えてくれる本でもあると思う。悩んだ時に読むべき本である。

⑥「学問のすすめ」……著者：福沢諭吉　出版：岩波書店

著者は、有名な幕末から明治の武士、蘭学者、啓蒙著述家、教育者。

著者は「天は人の上に人を造らず、人の下に人を造らず」と考える。だが現実は「かしこき人あり、愚かなる人あり。貧しき人あり、貴人あり、下人もあり、雲泥の差」だと言う。

さらに、この差は学問の有無にあると言う。私は中・高校生の頃読みたかったと思う。

## （4） 演歌・プロ野球・好きな〝ことわざ（諺）〟

### ① 演歌

私は昭和時代の演歌を聴く事が大好きである。演歌は詩も曲も人生の喜怒哀楽をあらわしていると思う。悲しい歌、元気が湧く歌、しんみりする歌、親子・恋愛の心情を描く歌などさまざまである。苦しかった時に聴いた歌、嬉しかった時に聴いた歌などがたくさんある。すぐ思い出す演歌は以下のようなものである（思いつく順）。

**（i） 古賀政男さんの歌**

・「誰か故郷を想わざる」・「サーカスの唄」・「無法松の一生」・「人生劇場」・「影を慕いて」・「湯の町エレジー」 など

**（ii） 船村徹さんの歌**

・「風雪ながれ旅」・「東京だョおっ母さん」・「兄弟船」・「柿の木坂の家」・「別れの一本杉」・「紅とんぼ」・「新宿情話」・「みだれ髪」 など

### (iii) その他の歌

・「高校3年生」（舟木一夫さん）・「くちなしの花」（渡哲也さん）・「北の宿から」（都はるみさん）・「夫婦坂」（都はるみさん）・「リンゴ村から」（三橋美智也さん）・「古城」（三橋美智也さん）・「武田節」（三橋美智也さん）・「刃傷松の廊下」・「あゝ上野駅」・「北の旅人」・「旅の終わりに」・「瞼（まぶた）の母」など

私は、寝る時にスマートフォンのユーチューブでこれらの歌を聴き、さらに車中でも聴いている。スマホやCDで簡単に昔の歌が視聴できる、良い時代になったものだと感謝している。

### ② プロ野球

私はプロ野球が大好きである。ずっと福岡のソフトバンクホークスを応援している。今はTVでの観戦ばかりだが、福岡市内に住んでいた時は福岡ドームで家族と観戦したこともある。緑の芝が綺麗だったことを覚えている。今はインターネットでプロ野球の全試合を見ることができる。昔はラジオで聴くばかりだったが便利な世の中になったものだと感謝している。

プロ野球で思い出に残る選手は、西鉄ライオンズ（西武ライオンズの前身）の「稲尾和久」投手、「中西太」選手である。稲尾さんは「神様・仏様・稲尾様」と呼ばれていた。私は、中学時代に福岡市の平和台球場で見たことがある。球場のトイレで一緒になった時、選手の身体の大きさにビックリした。

## ③　好きな〝ことわざ（諺）〟（四字熟語）

私は、諺や四字熟語が好きである。すぐに思い出す句は以下のようなものである（順不同）。

### （i）　大器晩成

私は小さい頃から身体も弱く、運動神経もにぶかったので、友達に対して劣等感を持っていた。何か嫌なことがあると、「大器晩成」だと考えて自分を慰めていた。

〈参考〉

「大器晩成」とは、『すぐれた才能のある人は、たとえ若い頃には目立たなくても、年をとってから大成する』ということである。お寺の鐘や鼎（かなえ）のような大きな器はそう簡単には完成しないことからいう。

**(ii)(人間万事)塞翁が馬**

人生の幸・不幸は予測しがたい。禍福に一喜一憂するのはおろかである。不幸と思ったことが幸福につながることもある。失意の時は「くよくよするな。大丈夫だ。」、幸運な時は「喜んでばかりいられない。」と考えて、自分を励まし、戒めたものである。

〈参考〉

塞翁という老人の馬が逃げた。気の毒がる隣人に老人は「これは幸福の基になるだろう」と言った。やがて逃げた馬が駿馬を連れて戻ってきた。すると老人は「これは不幸の基になる」と言った。やがて、この駿馬に乗った長男が落馬して骨折した。老人は、今度は「これが幸福の基になる」と言った。しばらくして戦争が勃発した。しかし長男は骨折のため戦争に行かずにすみ、親子とも無事に暮らしたという(「禍福はあざなえる縄の如し」。)

### (iii) 無知の知（自分の無知を知る）

私は入社するまで本を読まず、優秀な人との会話もなく、自分の経験と知識だけで行動していたと思う。その後仕事で失敗を繰り返し、優秀な人（職場、お客様）と出会い、私の失敗の原因の一つは「『自分の無知』に気付いていなかった」ことではないかと思うようになった。「自分は無知なんだ」と自覚すれば、勉強したり、他人に教えを乞うたり、優秀な人を真似たりするだろう。「何も考えなかったり」、「自分はわかっている」は失敗の要因と思う。

### (iv) 過去と他人は変えられない（自分を変えれば、未来は変えられる）

私は、今でもそうだがとくに若い頃は、失敗・不幸の原因を他人のせいにして、「他人が悪い」と憎んだものである。しかし年を経るにつれ、また、多くの優秀な人に出合い、いろんな本を読むにつれ徐々に考え方が変化したと思う。他人を責めても自分の成長にはならない。他人を責めても過去には戻れない。精神状態が悪くなるばかりである。自分の考え方・行動を変えれば、精神状態も明るくなり、未来も少しずつ明るい方向に向かうと思う。職場など周囲には必ず見習うべき優秀な人がいる。その人を真似て変わったらいいと思う。

**（x）　去る者は日々に疎し**

これは、「死んだ人は年月が経つに従って次第に忘れられる」というものである。私の年齢になると知り合いで亡くなった人が多い。それは、私の両親、姉、親戚、中学の同窓生、地区の知り合い（老人会・隣組など）、会社の元同僚などさまざまである。

近頃、私はこの諺を実感する。だから、私は、せめて「両親・姉」、「小さい頃お世話になった親戚の人（叔父、叔母、従兄など）」は忘れてはいけないと思って、毎朝散歩するときお墓の方向に向かって念じている。念仏の内容は「ありがとうございました。忘れません。今日も一日お守り下さい」という簡単なものである。

**（vi）　生老病死**

これは五木寛之さんの本「大河の一滴」の中に出てくる言葉である。著者曰く、これはマイナス思考らしい。私はマイナス思考が好きである。私は物事を悲観的に見る傾向がある。期待して裏切られるのが怖いからだろう。この言葉の言わんとするのは以下のようなことである。

**『人生は苦しみの連続である。人間というものは、泣きながら生まれ、いやおうなし**

に老い、すべて病を得て、最後は孤独のうちに死んでゆく』

### (vii) 干天の慈雨・闇夜の灯火

これは、日照りの後に降る恵みの雨のことである。困った時のありがたい救いの手というべきものである。私は、これは実際にあると思う。自分の力を尽くし、真面目に、一生懸命仕事していれば誰かが見ていて応援してくれる。私もこれは体験した。応援してくれたのは、部下や同僚であったり、お客様であったりする。苦しくても諦めず、頑張れば思いも掛けなかった人が支援してくれることもある。私は「干天の慈雨」を信じている。

### (viii) 栄枯盛衰・生者必滅・諸行無常

世の中のすべての現象、宇宙の万物は、常に変化をくりかえしている。人間社会も同じである。咲き誇った花もいつかは枯れる、人間も同じである。永遠に健康で、名誉やお金があることはあり得ない。普段、傲慢な生活をしていると、衰えたときの反動が大きい。普段から慢心せず、感謝の気持ちを持ち、不平不満ばかり言わず、謙虚な態度で生活していれば、老いても穏やかに過ごせると思う。

### （ix）同じ状態は続かない。時間が経てば状況は変わる。

人生の途中には、どうしようもなく苦しい時期がある。私の経験で言えば一つの例として「子育て」がある。小学校入学までの子育ては大変である。昼は会社の仕事で深夜帰宅、子供が泣いたりして眠れない。しかし、時間とともに子供は育つ。家庭の状況も時間と共に変化したのである。同じ状態が永遠に続くと考えると絶望するが、柔軟に考えれば希望も生まれる。

# 8　家族との思い出

ここでは、「**私を育ててくれた家族（父・母・姉）**」と、今の「**私を助けてくれる現在の私の家族（妻、長男、長女）**」に分類して思い出を振り返る。

## （1）私を育ててくれた家族（父・母・姉）

家族の名前は、父が水落巌、母はトシ、姉は淳子である。姉は結婚して姓が「田中」になった。思い出は以下の5つに分類して振り返る。

・家族4人での思い出
・父・母と一緒の思い出
・父との思い出
・母との思い出
・姉との思い出

## ① 家族4人での思い出

姉は私が18歳頃に23歳位で嫁いで実家を去った。だから私は実家では、姉とは18歳までしか一緒に暮らしていない。実家に4人で住んでいた当時、我が家は貧しく、今みたいに家族で外食するとか旅行に行くことは皆無であった。従ってこれに類する思い出はない。かろうじて思い出すのは以下の2つである。

(i) 姉が結婚した相手(義兄)は電力会社に勤務していた。時期は忘れたが、義兄が名古屋市内の社宅に住んでいる時、私は父・母と一緒に東山動物園に行ったことを覚えている。なぜ私が当時住んでいた横浜の独身寮から名古屋に行ったのか理由は覚えていない。多分、両親が名古屋まで出てくるので会いに行ったのだと思う。

(ii) 姉は残念ながら昭和59年(1984年)4月13日、42歳でこの世を去った。このとき父・母は九州から出てきて、病院で付き添って看病していた。私と妻は横浜から2回見舞いに行った。このとき母が痛みで苦しむ姉の背中をさすっていた。私は、この時の母の心中を想像すると、この光景は忘れられない。これは悲しい思い出である。姉の娘2人はまだ小6と中3だった。姉は身体の激しい痛みと、残してゆく子供の心配とで、さぞ無念だったと思う。

## ②　父・母と一緒の思い出

長男が生まれたのは昭和57年（1982年）である。この年に父と母が孫を見に九州から出てきてくれた。私は、父・母に東京、箱根、平塚市内を案内した。東京では「はとバス」に乗り、皇居から浅草に行ったことを覚えている。皇居では記念写真を撮影した。

また、別の日には小田原を経由して箱根に行った。ロープウェイに乗り、芦ノ湖畔で、妻の手作り弁当を美味しく食べた記憶がある。

## ③　父との思い出

父は75歳で生涯を終えた。父との固有の思い出は以下の通りである。

### (i)　父との相談風景

私は、あまり父と話をすることはなかった。しかし相談したことの幾つかは覚えている。その一つは大学受験である。現役での受験を失敗したとき、浪人してよいかを相談した記憶がある。父は、何も言わず了解してくれた。実家の縁側で相談した風景を思い出す。

もう一つは、まだ独身時代だったが、「日立製作所を辞めたい」という相談だった。仕事の辛さから逃れる為だった。この時は母も同席していた。ここでも激しく議論したことは記憶にない。両親は聞くばかりで「お前のやりたいようにすれば良い」という態度だった。結果として、私は、会社の上司に説得されて、準備していた退職願の封書をしまい込んだ。

今となっては父の鷹揚な考え方に感謝している。不思議なことに我が家では大声を出すことは皆無だった。これは両親のお陰だと大変感謝している。

**(ii)「長男と父」の散歩姿**

長男が2歳の時、私は長男を連れて大川市の実家へ帰省した。ある日近くの田んぼ道を3人で散歩した。その時の長男と父の姿が忘れられない。父が腰の後ろに手を組んで歩くと、長男が同じ姿をして真似して歩くのである、私は慌ててビデオを回した。

父にとっても楽しい時間だったと思う。

### (iii) 自転車でのお出かけ

私が小学校の低学年の時、父が運転する自転車の荷台に乗せられて出かけた記憶がある。荷台には、お尻の痛みをカバーするため座布団を巻きつけてあった。出掛けたところは親戚の家、銭湯、食堂などである。食堂の中華ソバが美味しかった記憶がある。距離がある親戚に行くときはお尻が痛かった記憶がある。当時、道路は舗装がなくデコボコ道だったのである。

## ④ 母との思い出

母は85歳で生涯を終えた。母との固有の思い出は以下の通りである。

### (i) 料理

貧しいながらも、母の料理は美味しかった。すぐ思い出すのは、「高菜焼き飯」、「野菜の天ぷら」、「さばの煮付け」、「カレーライス」である。これらは帰省するたびにお願いして作ってもらった記憶がある。

### (ii) バス停留所での別れ

母が一人暮らしになってから、私は頻繁に帰省するようになった。私が4～5日間実家に帰省して、いざ帰る段になると、母はいつも近くのバス停（西鉄バスの中木）まで見送りに来てくれた。私は空いているバスの最後部に座り、後を振り向いて、身を乗り出し母に軽く手を振る。母も手を振る。母が泣いているように見えて、私はこの風景がいつも辛かった。

### (iii) 手紙・安否確認

私は就職してから毎月2万円、賞与時は10万円を実家の両親に送金した。送金手段は郵便である。私は送金のたびに簡単な手紙を書いて同封した。宛名は「母」宛にした。折り返し母から、お礼の手紙が来た。この母との手紙のやりとりは、私が結婚してからも毎月続いた。当時はパソコンはなく、毎回手書きである。東京（横浜）・福岡は遠い。近ければ度々会いに行けるのだが、二人きりの生活の両親に恩返しできる手段は「お金」しかなかった。母が一人暮らしとなった晩年は毎晩、電話もしていた。

### (iv)　庭の草刈りと家庭菜園の手伝い

私の実家の敷地は昔は田んぼである。270坪位ある。建物は30坪位である。したがって庭が広い。この庭は3月~9月は草が繁る。セイタカアワダチソウなど背が高い草が多く、実家は草に埋もれたようになっていた。さらに、実家は片側1車線の主要道の側であり、母はいつも雑草を気にしていた。「シルバー人材センター」に頼んでもなかなか来てくれないとのことであった。私はGW、盆に帰省した時は朝から晩まで大汗をかいて手刈りで草刈りした。雑草に埋もれ、身体から汗が噴出する。これは辛かった。

このことは私の記憶に強く残っている。したがって大川市に引越ししてからは、私は草刈りには注意を払っている。春から秋までは頻繁に除草剤、草刈機を使い手入れしている。

母は家庭菜園が好きだった。また花作りにも興味があった。私は、帰省の度にこの手伝いをした。私が手伝った作業で印象に残るのは、野菜はキュウリ、トマトなどの夏野菜である。花はツツジである。野菜は土の耕し、支柱の設置の作業をした。支柱の竹は近くの雑木林から切ってきた。母は大変喜んでくれた記憶がある。

## ⑤　姉との思い出

姉は42歳で生涯を終えた。姉との思い出は以下のとおりである。

### (i)　絵を描いて貰った

小学3年生の頃だと思うが、姉にクレヨン画を描いて貰った記憶がある。この絵は「交通安全」か「火災予防」のポスターであり、学校の宿題であった。私はこの絵が期限までに描けず、提出間際になって、すべて姉に描いて貰った記憶がある。そしてこれが入賞したのである。ちょうちんを吊るし、それに文言(「交通安全」、「火の用心」)などを描いていたような記憶がある。何故かこれは記憶している。多分、入賞したからかも知れない。

### (ii)　進路でのアドバイス

姉は私の高校受験、大学受験の志望校選びにアドバイスしてくれた。私は、当時しっかりした考えを持っていなかった。どちらかと言えば周りに振り回される性格だった。中・高の先生は安全サイドの受験を勧めたが、姉は伝習館高校、そして大学進学を強く勧めてくれた。父・母の意見はあまり記憶がない。この姉のアドバイスのお陰で今の私があると大変感謝している。今になって私は、姉が生きている間に感謝の意を伝えればよかったと後悔している。

### (iii) ハイキング

多分、小学生の高学年か中学生だったと思う。何故か私は姉と、後で姉と結婚し義兄になった人と3人で清水山にハイキングに行ったことを記憶している。当時、私は幼く何故私が付いて行ったのか分からなかった。ただ二人の後を付いて行っただけである。楽しいことも覚えていない。今から考えると、二人はデートであり、私は邪魔な付き添いだったようである。

### (iv) 姉宅での食事

三重県四日市に塩浜という地域がある。近鉄名古屋駅から特急電車で四日市まで行き、普通電車に乗り換えて2つか3つ目に塩浜という駅がある。ここからすぐの所に義兄が勤務する会社の社宅があった。このすぐ近くに伊勢神宮で有名な「鈴鹿川」が流れていた。私は、東海銀行の仕事をしている時、時間が空いたら遊びに行った。

その後、姉と義兄は一戸建ての持ち家を購入して、三重県鈴鹿市に転居した。そこは近鉄の鈴鹿駅から歩いて20分位の分譲地だった。回数は減ったが時折、名古屋出張がある時は、ここにもお邪魔した。

これら、いずれの家でも姉は手作りの料理でもてなしてくれた。私は、独身時代は外食ばかりであり家庭料理は有難かったし、美味しかった。また義兄の家族（2人の娘さん）ともなごやかに歓談した。しかし、姉は軽い咳を頻繁にしていた。私は当時タバコを吸っていたが消した記憶がある。当時、四日市は公害で騒がれており、「四日市ぜんそく」ではないかと心配したが、あえて聞かなかった。聞いても、私は何も出来ないし、姉も気にするだろうと考え聞けなかった。

### ⑤　お葬式の帰りの涙

姉のお葬式は鈴鹿市の自宅で行われた。姉は地域活動をしていたらしく、多くの人が参列していた。200人位かもしれない。私は一連の葬儀に立ち会ったが、棺を霊柩車に運ぶ時に、棺を担げなかったことを悔いている。何故担げなかったのか分からない。残念至極である。帰途、一人で名古屋へ向かう近鉄電車で車窓を眺めている時、「もう二度と姉と会えない」、「もうこの電車に乗ることもない」という思いが湧き涙が出てきた。

## （2）私を助けてくれる現在の私の家族（妻、長男、長女）

家族の名前は、妻が「由紀」、長男は「信一」、長女は「由梨」である。

### ①　家族4人一緒の思い出

これは今までの記述（「住んだ地域の節」や「趣味の節」）で記述しているので、ここではそれ以外のことについて記述する。

長男は大学入学から2年間、東京・八王子の学生アパートにお世話になった。ここを家族3人で訪ねた。狭いアパートに4人で3～4日過ごした。このアパートは2階（ロフト）が付いていたので、何とか4人眠れた。

その後、長男は中央大学を卒業して、兵庫県西宮市にある関西学院大学・大学院に入学した。ここでもアパートを借りていた。私達は自家用車で九州・福岡県へ帰省する時に立ち寄り、家族4人で1～2日過ごした。

### ② 妻との思い出

結婚式と新婚旅行、子育てなどがある。これらも以前に記述したので、ここでは省略する。ここでは、それ以外を記述する。

#### (i) 長男の出産時の立会い

長男は神奈川県平塚市の市民病院で生まれた。妻は初産で苦労した。当初入院した産院では陣痛が始まってもなかなか生まれない。4日経っても生まれない、そこで市民病院へ転院することになった。この時のタクシーの揺れが効を奏したのか、まもなく無事に長男は生まれた。私は妻の背中をさすることしか出来なかった。私は、妻の痛がる様子を見るだけで、何もしてやれない。私は辛かった思い出がある。

#### (ii) 病院の送迎と付き添い

私は、痛風での2回の通院（平塚市、福岡市）、高木病院での2週間の検査入院

（糖尿病）、直近は同じく高木病院に２０１８年11月中頃、急性腎不全で１ヶ月半近く入院した。この時、いずれも妻に付き添ってもらい、大変感謝している。

退院後は通院しての人工透析になった。しばらくして右足に激痛が走るようになった。高木病院の整形外科や神経外科に診察して戴いたが原因不明であった。１ヶ月近くこの痛みに悩まされ、妻に車で送迎して貰って透析に通った。病院の玄関まで車で行き、そこで車椅子に乗り換え、守衛さんに透析室のラウンジまで送って貰い、駐車場に車を停めに行った妻を待つ。そして妻に透析室のベッドまで送って貰った。

こういう生活が１ヶ月続き、足の痛みは自然と治癒した。私の推測では、「どうも入院生活で足の筋肉が衰え、血行不良を起こした」ことが原因のようである。私は、杖を買い、市販の血行改善の薬を飲み、養命酒を飲み始めた。この１ヶ月は本当に辛かった。妻に感謝しかない。

## ③　長男との思い出

多くは「住んだ地域」の節で記述したので、ここではそれ以外のことを記述する。

### (i) 通学の送迎（佐賀市金立）

私は、九州支社への転勤で福岡市西区今宿の借り上げ社宅に住んでいた。長男は佐賀市にある中・高一貫校に中学1年から入学した。ここは全寮制の男子校（弘学館）だった。しかし、週末は帰宅が許されていた。長男は寮から自宅に帰る時は福岡・天神まで西鉄バスで来て地下鉄を利用して今宿まで帰っていた。

日曜日に寮へ帰るときは、私か妻が自家用車で送ることが度々あった。往復の道路は狭く、蛇行した山道（三瀬峠）であり、片道で2時間位要した。この際、「あわや」と思うことが数回あった。よく事故を起こさなかったものだと、神様・ご先祖様に感謝した。送る途中に休憩と称して、コンビニでお菓子やアイスクリームを買い、車中で2人で食べたことを思い出す。

### (ii) 入学式、卒業式

長男は、小学校は平塚市立の神田小学校に入学した。4年生になる時、同じ市立の崇善小学校に転校し、卒業した。中学・高校は前述の通りである。大学は東京・八王子にある中央大学法学部だった。その後関西学院大学の法科大学院に進んだ。

私は、出来る限り入学・卒業式には出席した。印象に残っているのは崇善小学校の卒業式と中央大学の卒業式である。前者は、転校を経験した長男が無事卒業したものだと感謝した。後者は、卒業式の規模の大きさには驚いた。２０００～３０００人位いたのではなかろうか。

### ④　長女との思い出

これも多くは「住んだ地域」の節で述べたので、ここではそれ以外のことを記述する。

#### （ｉ）　受験大学巡り

長男が東京・八王子のアパートに住んでいて、私が横浜市の独身寮に単身赴任していた。この年の年末に長女と妻が九州・福岡から遊びにきた。長男のアパートに４人が集まり年末年始を楽しく過ごした。この時、私は長女と２人で東京の大学巡りをした。巡った大学は覚えている範囲で、早稲田大学、東京大学、立教大学、上智大学である。交通の便の良い大学を巡った記憶がある。私は、東京大学の三四郎池のそばで滑って転んだ。これは強烈に覚えている。「大学受験はすべらないように」と冗談を言った。

### （ii）入学式、卒業式

長女は小学校3年までは平塚市の崇善小学校に通った。小学4年からは福岡市西区の玄洋小学校に転校、卒業した。中学は玄洋中学校、高校は西南学院高校、大学は学習院だった。西南学院高校の卒業式が印象に残る。校長が牧師風の白人のためである。

# 9　親戚との思い出

3節の幼児期で記述したように、私は中学に入学まで（12歳）、父の兄弟の3家族が一つの家に同居する環境で育った。私は姉と二人兄弟だったが、「いとこ」が8人いたので、10人兄弟のような環境で育った。当然叔父さん、叔母さんも同居であった。最盛期は15人が一つの家で生活していた。戦後ならではの暮らし方である。こういう生活の中で、私は皆さんに多大なお世話になった。以下は思いつく順に思い出を記す。

## (1)　父方の叔父、叔母、いとこ

### ①　水落幸夫さん、ヒフミさんご夫妻

幸夫さんは私の父（巌）の弟さんである。私の父は健康面で重労働は難しかったようである。そこで農作業は殆ど幸夫さんが担当されていた。毎日、朝から夕方遅くまで仕事されていた。稲、麦、い草などの栽培で1年中、忙しく働かれていた。私も時々手伝った記憶がある。その内容は収穫物の運搬、麦踏み、田への水やり、草刈り

などである。今から思うと幸夫叔父さん夫妻のお陰で皆が生活できていたのかも知れないと思う。今はただ感謝しかない。

私が幸夫おじさんのことで印象に残っているのは、「散髪」と「タバコ」である。前者は、幸夫叔父さんが嫌がる私を追いかけて、押さえつけるようにしてバリカンで坊主頭に刈り上げて貰ったことである。後者のタバコは、幸夫叔父さんが農作業の合間に美味しそうに吸っていた風景である。タバコは今でこそ嫌われているが、辛い労働を癒す一服だったのだろう。

## ② 水落渡さん

渡さんは幸夫叔父さんの次男さんである。私とは「いとこ」の関係になる。彼が、私が小学生まで育った家を今も守ってくれている。広くて古いこの家は建てられてから100年を超えている。維持するのは大変な苦労である。

渡さんには以下の点でも感謝している。一つは、私の父・母への援助である。私の父が病気になった時の入院などの際の支援、母の病気の時の支援、買い物の支援などである。たまには「うどん」の差し入れもして貰ったようである。もう一つは母が住んでいた家の全面リフォームである。渡さんは自営でリフォーム業をしており、無理を言って頼んでやって貰った。住みやすくなって母も満足していた。

渡さん宅と私の自宅は1㎞ぐらいの距離である。彼はいろんなことに知識・技術がある。例えば「植木の剪定」は専門家と言える。私はいつも相談にのって貰っている。私は50年間、大川市から離れていたので、こちらに本当の知人はいない。中学校の同窓生や老人会の人々のように名前を知っている程度の表面的な知り合いはいるが、本当に困った時に相談できる渡さんにはいろんな意味で助かっている。

### ③　水落暁夫さん

暁夫さんは幸夫叔父さんの長男さんである。私より1歳年下である。彼とは遊んだ記憶はあまりない。農作業の手伝いを一緒にした記憶はある。収穫物の運搬、田の水入れ、田植えなどである。水入れでは二人で重い電動モーター、長いポンプ、電線を運んだ記憶がある。私はこれらの作業をする過程で、「暁夫さんは頭が良いな」と思った。それは一緒に作業している中で暁夫さんは口ぐせみたいに「どうしてだろう」、「何故だろう」と言っていたからである。

暁夫さんは大学の工学部を卒業して、神奈川県・浦賀にある機械メーカーに入社した。私は横浜に居たので平塚や横浜、横須賀で3〜4回位会った。彼は造船の仕事で、軍港がある、全国の港町で働いたようである。2年前に横浜の山下公園で3時間ちかく懇談したのが懐かしい。暁夫さんは酸素吸入器を携行していた。その状態で埼玉の自宅から横浜まで来てくれた。私の年代はモーレツ社員の時代であり、お互い無理したのかも知れない。私自身も同じだが、お互い平穏な生活を祈りたい。

④（旧姓）水落真理子さん、（旧姓）水落伸子さん　姉妹

真理子さん、伸子さんは幸夫叔父さんの長女・次女である。私は盆、暮れに帰省した時は必ずご先祖（渡さんの家）の仏前にお参りに行った。この時、いつもこの姉妹に接待して戴いた。また帰りには手土産（野菜、果物、お菓子など）を戴いた。まれに「イチゴ」、「ジャガイモ」を自宅まで届けて戴いたこともある。

渡さん、真理子さん、伸子さんの3人は、四十数年振りのUターン者で大川市に知

り合いがいない私には貴重な話し相手であり、大変感謝している。

## ⑤ 水落睿二さん

睿二（えいじ）さんは、父の長兄の次男である。私の姉と同じ年であり、伝習館高校から防衛大学に進み、海上自衛隊の基地がある県、佐世保、舞鶴など全国の基地に勤務された。睿二さんとの思い出は、以下の3つである。

・小学校の低学年の頃の田んぼの堀での魚採りである。竿で釣るのと、モリで刺す2通りがあった。前者は竿つくりから教わった記憶がある。うき、竿、糸、錘などはお店に買いに行き自分で組み立てる。この方法も教わった。モリでの突きは音を立てないようにして睿二さんの後をついて行った。

・私が日立製作所に就職して横浜に出た時、いとこの暁夫さんも神奈川県の浦賀にいた。私は暁夫さんと2人で、横須賀のアパートに住んでいた睿二さんを訪ねた記憶がある。幼い頃一緒に遊んだ3人が、遠くはなれた場所で会えることに感激した覚えがある。

・私が神奈川県の二宮町に住んでいる頃、川崎市の寮に住んでいた睿二さんから突然電話があった。用件は引越しの手伝いの依頼であった。レンタカーを借りて川崎から立川へ引っ越す作業を手伝った。帰りに梨をおみやげに戴いた記憶がある。

### ⑥ 水落澪木さん

澪木(みおき)さんは、前述した睿二さんの兄である。澪木さんは伝習館高校から九州の大学に進み、コンピュータメーカーに勤務された。私とは年齢が一回り違う。すなわち12歳年上である。澪木さんとの思い出は以下の2つである。澪木さんは千葉県に住んでいた。残念ながら澪木さんは60歳頃病死された。外資企業の営業担当であり接待、ノルマなどで無理されたのかもしれない。

・小学生の頃、トランプ、ビー玉（ラムネ玉）などで遊んで貰った。今から思うと澪木さんは、司法試験の勉強をしていたのだと思う。気分転換に遊んでくれていたのだろう。また、クジラの刺身を買いにやらされ、新聞紙にくるんで持ち帰った記憶がある。

・私が単身赴任で福岡市吉塚の寮（ワンルームマンション）に住んでいる時、突然電話があり「今晩泊めてくれ」という依頼があった。その日は、私は徹夜仕事で話はできなかった。取り敢えず部屋の鍵を手渡し、挨拶して別れた。来福の用事は九大の同窓会出席とのことであった。澪木さんはこのときは会社を早期退職された直後のようだった。

## ⑦　近藤玉子さん、清田澤子さん、武田友子さん

近藤さんと武田さんは旧姓は「水落」である。近藤さんは父方の叔母、武田さんは「いとこ」である。また、清田さんは父の弟さん（清田家へ養子）の奥さんである。このお三方には私が大川市に帰ってから大変お世話になった。それは父母の法事である。葬儀、3回忌などには毎回出席して戴いた。また、その席で昔話を聞かせて戴いた。

玉子おばさんには、三重県鈴鹿市で行われた姉の葬儀にも出席して戴いた。

## （2） 母方の叔父、叔母、いとこ、他

### ① 末次タツヨさん、末次美和子さん、末次佐枝子さん

タツヨさんは母のお姉さん（叔母）、美和子さんはその長女、佐枝子さんは次女である。このお三方には以下の思い出がある。

・私が小学生の頃、福岡市博多区雑餉隈に住んでおられた末次さん宅を、私は姉と2人で訪れた。ここは国鉄の南福岡駅に近く、道路の下を黒い煙を吐く蒸気機関車が走っていた。私は驚き、道路に架かる橋の上から長い時間眺めていた。

・私は、末次さん宅に一泊した。翌朝の朝食の味噌汁のなかに卵が入っていた。当時卵は貴重品であり、普段は食べられなかった。なぜか、私はこのことを強烈に覚えている。余程美味しかったのだろう。いい思い出である。

・佐枝子さんには自家用車を借りた。私達家族が帰省した時の足がなかったからである。確か日産のサニーだったと思う。当時レンタカーがなく助かった記憶がある。

・美和子さんには父母の法事への出席、私の結婚式への出席とホテルの斡旋をして戴いた。美和子さんは石油会社に勤務されており、ホテルには顔が利くようであった。

## ②　水落一郎さん

一郎さんは、私の母の兄である。一郎さんが晩年、妹のタツヨさんに会いたいということで、帰省していた私が付き添いの形で、母も連れて3人で福岡市博多区雑餉隈の末次さん宅を訪問した。このときは末次さん一家に歓待して戴いた。また帰途は一郎おじさんが、西鉄電車の雑餉隈駅のベンチでじっと線路を見ていた光景を覚えている。叔父さんは「もう、来ることはない」と感慨に耽っていたのだと思う。

## ③　近藤サヤ子さん

サヤ子さんは私の義理の母である。残念ながら昨年（２０１９年）５月、１０１歳で老衰で亡くなった。義母にはいろいろお世話になったが、特に子育ての支援には感謝している。長男、長女が5才になる頃までは、九州・福岡から新幹線で、何度か神奈川県の平塚、二宮まで出てきて戴いた。またこれを利用して、義母とは旅行も一緒に出かけた。

・当時、日立製作所には伊豆・箱根に幾つかの保養所があった。義母が来る度に私達は保養所を利用して、これらの観光地を車でドライブしながら回った。特に思い出すのは伊豆高原、富士五湖、下田、真鶴である。いずれも海岸、湖と山の組合せが素晴らしい所である。また、近くでは鎌倉、江ノ島もある。

・長男が3歳の時、義母を東京見物に案内した。定番の「はとバス」に乗り、皇居、靖国神社、浅草などを巡った。皇居では記念写真を撮り、浅草では縁日みたいな仲見世通りを散策した。まさに島倉千代子さんの歌「東京だョおっ母さん」の世界であった。

・義母は指圧および鍼灸の技術がある。私の両親は度々お世話になっていた。私は何度か施術して貰ったが、痛くて敬遠することが多かった。妻にもこの知識・技術がある。したがって親子（母と娘）で指圧を施術し合う光景を思い出す。

## ④　水落ヨシコさん

この方は義理の叔母さんである。先述の水落澪木さん、水落睿二さん兄弟のお母さんである。私が小さい頃（小学校の低学年?）、私の手のひらを見て以下のようなことを言われたことを覚えている。今から思うと占い師さんのようなものである。

**『手のひらのこの線が延びているから大丈夫だよ』**

なぜ私が今までこのことを覚えているのか分からない。幼い頃、病弱だった私は、無意識にこれを心の支えとして生きてきたのかも知れない。『大丈夫だよ』という励ましの言葉は癒しになるかも知れない。

# 10　お世話になった人々

ここでは父母・家族・親戚以外の、多くのお世話になった人々を振り返る。学生時代、社会人時代、引退後の時代にも、それぞれ多くの人々にお世話になった。

## (1)　学生時代

### ①　小学生時代

小学校時代は、怖かった先生を一人思いつくが名前は覚えていない。また、お世話になったと言える先生はいない。

### ②　中学生時代

この時代では、お世話になったと思う先生が3人いる。一人目は剣道部の石井先生である。この先生は怖かった。放課後の練習に「今日、石井先生が来ないといいな」といつも思っていたことを思い出す。卒業アルバムの中に石井先生を囲んで8人の部員が写った記念写真がある。今、見ても石井先生は堂々として怖そうに見える。しかし、私は今になって石井先生のお陰で少しは忍耐力が養われたのではないかと感謝している。

二人目の先生は1年生の時、担任だった帖佐先生である。理由は入学早々に褒められたことである。不安を抱いて入学したばかりのとき、クラス全員の前で褒められ、自信が持てた記憶がある。褒められた内容は「4節の学生時代・（2）中学時代」に記したので、ここでは省略する。帖佐先生は、3年時のクラス担任でもあり、進路指導でもお世話になった。

三人目は井口先生である。井口先生は若くて社会科の担当だった。先生は字が綺麗だった。黒板に丁寧な字で「白、赤、黄、青のチョーク」を用いて、授業の要点を要領よく書いて戴いた。私は、これでノートを付ける癖がついたと思う。これは印象に残っている。

### ③　高校生時代

顔を思い出す先生は2人（古典の先生、数学の先生）いるが、特にお世話になった思い出はない。私にとって、高校生時代は印象が薄い。

### ④　大学生時代

お世話になった人ですぐ思うのはM君である。彼については「大学生時代」の節で記載したのでここでは省略する。次にお世話になったのは通信工学の教授だった江頭先生と岩重さん（助手）である。江頭先生には卒論指導、就職指導で大変お世話になり感謝している。また、バブルの時期に、卒業生による現役大学生への日立製作所への就職応募依頼で佐賀大学を訪問した時も先生にはお手数を掛けた（母校訪問と呼んでいた）。

江頭先生の紹介で20人位の学生が教室に集まってくれた。私は、当初予定の説明終了後、「もっと聞きたいことや、質問がある人は別室に個別に言って来て下さい」と言った。

私が別室で待っていたら、一人の学生がやってきた。彼は東南アジアのマレーシアからの留学生だった。彼のお兄さんが母国で日立の家電品の販売店をしているので、「日立に入社して国際部門で働きたい」と言った。私は日立には国際部門があるので是非応募したらと伝えた。

私の印象に残っているのは、この留学生のバイタリティと日本人の学生の意識の低さである。彼曰く「日本人の学生はおとなしく、授業中も質問はしないし駄目ですよ」。ちなみに彼は8人兄弟の末っ子という。約30年前の話だが、この違いが今の日本を象徴しているように思える。当然、個別に私に質問・相談にきた日本人学生はいない。

## (2)　社会人時代

当然だがこの時代にお世話になった方々は多数に及ぶ。ここではエピソードや説明は省略する。思いついた順に姓のみ記述する。

① 日立関係

・堂免さん、小川さん、松下さん、伊勢さん、関口さん、村上さん、雨宮さん、福井さん

・斉藤さん、金山さん、碇谷さん、寺井さん、寺林さん、津川さん、土肥さん、高原さん

・古屋さん、香川さん、神谷さん、佐々布さん、米永さん、小島さん、重松さん、福井さん

② お客様関係

・竹田さん、久米さん、辻さん、尾崎さん、矢加部さん、中澤さん、原さん

### (3) 地域の人々

① 野口博明さん

大川東中学校の同窓会・会長である。彼とは中学時代に深い付き合いはなかった。私が大川市へ帰郷後、同窓会の開催案内を持参して誘ってくれた。同窓会は5年ごとに開催されており、私は帰郷後2回出席した。毎年、年賀状と暑中見舞いを戴いてい

る。もう、皆、年をとったせいか同窓会は開催されなくなった。

### ②　老人会、町内会の人々

私は59歳の時に横浜市から大川市に引越した。そして地域のしきたりに従い、老人会と町内会に加入した。各種行事（旅行、草刈り、公民館掃除、グランドゴルフ、体育会）に参加した。歴代の老人会長、町内会長さんはじめ多くの方のお世話になった。

## (4)（高邦会）高木病院

高木病院は国際医療福祉大学・高邦会グループの総合病院である。私はこの病院に平成18年（２００６年）から今まで通っている。横浜市から大川市に引越してすぐのことである。以来、約14年間に亘って定期診察、入院、検査で大変お世話になっている。

・私は糖尿病の診察と薬の処方を受けるために、大川市に引越してから、２～３ヶ月毎に通院していた。糖尿病内科のＯ先生には、今でも３ヶ月毎に診察・薬の処方を戴いている。Ｏ先生には十数年間変わらずにお世話になっている。ほかの診療科の先生は頻繁に交代されるのに、O先生は継続して対応して戴き大変感謝している。

糖尿病内科以外では眼科、皮膚科、消化器科、整形外科などでお世話になった。治験も経験した。糖尿病薬の治験ではいろんな検査をして頂いた。

・入院は2回お世話になった。1回目は糖尿病治療のための検査入院である。入院期間は2週間だった。2回目は人工透析の要因となった急性腎不全（血管炎）の治療である。入院期間は約45日である。入院の部屋はカーテンで仕切られた4人部屋だった。
私は、入院経験は高木病院が初めてであり、いろんな患者さんがいて看護師さん達の苦労の一端を目にすることができた。365日、土日、休日もなく24時間、「無理難題を言う患者」や「言う事を聞かない患者」、「手間のかかる患者さん」の対応など、看護師さんの苦労には頭が下がる。

・人工透析を受け始めて1年半近く過ぎた。ここの人工透析は午前の部で、1日で60人位受けていると想像される。夜間とか午後の部を入れるとさらに多くの患者がいると思われる。このような大規模な治療は大変だと思う。休みは日曜日だけではないだろうか？

人工透析は単に腕に針を刺して、抜くだけではない。血圧測定や器械の監視、記録、体調を崩した患者対応など種々の作業がある。机にうつ伏せして休んでいる看護師さんの姿も見た。ここでも看護師さん達の苦労には頭が下がる。

・人工透析の担当医師はK先生であり、2018年末の血管炎、急性腎不全の診察、治療でお世話になり、大変感謝している。K先生は土曜日も必ず病院に勤務されている。代休はあるかも知れないが、連休はなかなか取得できないのではなかろうか。透析センターは日曜日以外は休めない宿命のようである。K先生のご苦労にも頭が下がる。

私は、最近考える。それは、「もし、ずっと横浜に住んでいて透析が必要になったら、今のような恵まれた環境で人工透析を受けられるだろうか」ということである。横浜の病院では、一人で車での通院はほぼ不可能である。理由は患者用の駐車場がないこと、道路が渋滞して時間が読めないからである。その点、高木病院は近くに、広い駐車場があり、無料で利用できる。私は、この点でも高木病院には感謝している。

## 11　人工透析になって思うこと

私が人工透析を受けるようになって1年半位過ぎた。今は、私が置かれた状況が少しは理解できたと思う。今、過ぎ去った過去を振り返り、また将来を考えるに当たって、私の頭をよぎるのは『反省（悔い）』と『感謝』、『不安』そして『希望』である。

### (1)　反省（悔い）

私は会社の人間ドックを受けるようになった35歳頃から高血糖、高尿酸を指摘されるようになった。はじめは警告だけだった。その後、食事・運動指導があり、ついに投薬治療が始まった。40歳頃から2ヶ月に1回位、通院して薬を処方して戴いた。しかし、私は深夜作業や出張の繰り返し、外食など乱れた生活を繰り返した。また薬もきちんと飲まなかった。

運動もしなかった。私が運動が出来ない理由をお医者さんに言うと、お医者さんからは「忙しいならホテルのベッドの脇で良いから眠る前に『腕立て伏せ』、『仰向けでの腹筋』を20～30回しなさい」と指導された。私は、思いついた時にするだけで殆ど実行しなかった。疲れていたこともあるが、今となっては言い訳に過ぎない。

私は、お医者さんから糖尿病の合併症（失明、人工透析、足切断）を聞かされていた。私も、これらを怖れていた。私は、今回の急性腎不全の原因は血管炎とのことだが、糖尿病が背景にあるのではないかと考えている。ついに「怖れていたことが起きてしまった」と思った。人工透析は治療ではなく、当然治癒することは一生ない。

今、思うことは、若い頃、忙しいなかでも身体に起きた警告の事態を、もっと真面目に深刻に受け止め、お医者さんの指示を守れば良かったと反省している。今になって、私の無知と怠惰を反省している。大川市に帰郷した２００６年（59歳）から13年間はお医者さんの指示を守り、薬もきちんと飲み、栄養指導も受け、運動（ウォーキング、ストレッチ）もしたが、最悪の結果となってしまったのである。しかし、これらの努力は、人工透析の発症を遅らせた効果はあったのかも知れない。

## (2) 感謝

私は、糖尿病（人工透析）になった原因は「自分の無知と怠惰」、「過酷な労働環境」にあると考えている。しかし、私は日立製作所やシステム開発という仕事を恨んではいない。悔いるのは「私の無知と怠惰」のみである。

会社や与えられた仕事のお陰で、私はいろんな人々と出会い、教えられた。そして日本全国に出掛けることが出来て、各地の美しい風景を見ることができ、貴重な体験もできた。その中で、私が最も感謝しているのは多くの種類の仕事の実態を見たり、体験できたことである。以下に具体例を示す。

私は、入社早々に中小企業向けの小型コンピュータの開発に参加した。そして、その製品の不良対策で全国（主に西日本地区）を飛び回った。顧客の業種は様々である。繊維製造、衣料品製造・販売、鉄工所、精密器具製造、青果市場などさまざまである。

その後、金融機関（銀行、保険、証券）、官公庁（防衛省、東証、地方自治体）、九州電力、ＪＲなどの情報システム開発に携わってきた。大学の非常勤講師も経験した。交通事故調査員の仕事も経験した。

これら多数の業種の人々に出会うことで、私は、その業種の仕事の実態を目にすることができた。銀行員の仕事や考え方、公務員の仕事の実際や考え方、ＪＲや電力会社の仕組みや考え方の一部が理解できたような気がする。多くの種類の仕事を擬似体験できたと思う。

一人の人生の中で複数の業種に携わることは難しい。小説を読めばいろんな業種（学校の先生、大学教授、刑事、判事、銀行員など）の仕事内容を想像することはできるかも知れない。しかし、それはあくまでも文字の世界である。私は前述したような業種の仕事の一部を現実に体験することができた。大袈裟かも知れないが、何人もの人生の経験をしたような気がするのである。これには本当に感謝している。

**〈人工透析への感謝〉**

私は人工透析に毎週、火曜日、木曜日、土曜日の３日通っている。年末年始含めて１年中同じである。当初は負担感が強かったが、今では、以下のような点で感謝している。

**① 生活にケジメがついた**

人工透析になる以前は、外に出かけない日は歯磨き、洗顔をしなかった。風呂もあまり入らなかった。また衣類もジャージなどで1日を過ごすことも多かった。しかし、透析がはじまってからは、これらを会社勤めの時と同じようにするようになった。透析は清潔を保つ必要があるからである。また、服装も毎回、会社員時代のYシャツを着て透析に行くようになった。

**② この本（「私が歩んだ道」）を書くことができた**

私は、今年の4月初めから、人工透析のベッドで、自分の過去の思い出を振り返り、自宅で、それをパソコンに入力し始めた。そして、この本を作ることができた。これは人工透析の賜物だと感謝している。人工透析が私に「考える時間」を与えてくれたと思う。

**③ 各種の検査**

人工透析では検査がたくさんあるのに驚くと同時に感謝している。血液検査は2週間に1回ある。その他に胸部レントゲン、心電図、心エコー、腹部エコー、検便などが2～3ヶ月ごとに定期的にある。血圧、体重測定、シャントの聴診は毎日ある。これだけ検査して戴ければ突然、急病で倒れることはないかも知れない。また急死することはないかも知れない。（一方で、なかなか「死ねない」不安も頭をよぎるが……）

## (3)　不安

透析患者の組織団体（一般社団法人　全国腎臓病協議会）発行の「ぜんじんきょう」という冊子がある。先日、この冊子の３００回記念号を戴いた。この記事のなかに「長期透析表彰」が紹介されていた。長期とは40年である。表彰対象者は１５７名であった。記事には都道府県別に氏名が記されている。性別と年齢は記されていないが、性は名前から男女半々と推定される。

私は、「こんなに長期に透析している人がいるんだ」とビックリした。私は、現在72歳である。40年表彰の人が何歳から透析を開始されたか不明だが、40年とは大変なことだと感じた。透析は血管（血流）と心臓が大事であり、このために厳しい体重制限が求められる。血管と心臓が強くないと透析には耐えられないようである。心臓に負荷をかけない為に体重管理が最も重要らしい。また、当然だが血管も丈夫でないと透析は成立しない。

私の心臓、血管がいつまでもつのか分からない。シャント（動脈と静脈の結合部）のある左手の血管は太くなり、針の穿刺部分は少し腫れ変色してきた。毎週3回、同じ部分に針を2ヶ所に刺しているので、これは致し方ないだろう。考えても仕方がないが、「いつまで私の血管がもつのだろう」と透析終了から数時間後に血止めの絆創膏をはがすたびに考える。

人工透析は生活基盤があり、自立した生活が出来る人にはそれほど苦痛ではないかもしれない。理由は4〜5時間ベッドで寝ているだけだからである。しかし、人工透析は自立できない人には精神的、肉体的に大変な苦痛を伴うと思う。車椅子送迎の人、胃腸の調子が悪い人、高血圧の人など透析以外の余病がある人には辛いと思う。透析途中でトイレに行く人もいる。多分我慢できなくなり、看護師さんに申し出るのだろう。透析患者さんが我慢している時間を考えると同情を禁じえない。車椅子送迎の人は、自分の透析が終わっても迎えの人が来ないと帰れない。また、その度に、いろんな人に頭を下げなければならない。

透析中に何かを叫ぶ人もいた。「痛い、痛い」と言っているようにも聞こえた。看護師さんやお医者さんに食ってかかる人もいた。原因は不明だが苦痛や辛さが極限に達したのだろう。私は、今は何とか自立した生活が出来ているが、明日は我が身である。他人事とは思えない。私には、このような状態になる不安がある。自分自身が壊れる日の到来を怖れる。

私は、いつも、できれば精神がしっかりしている時に、すぐ死ぬ別の病気（脳、心筋系）で倒れ、家族に別れの挨拶（「お世話になり、ありがとう」）と言って死にたいと願っている。私の父方の祖母がこのような亡くなり方だったと記憶している。確か玄関先で農作業をしている時に倒れ、2～3日間自宅の座敷で寝ていた。そして家族に看取られて逝った。私はこれが理想だと思っている。

## （4）希望

私の父は昭和63年（1988年）、75歳で病死した。今から32年前であり、私は40歳だった。当時は75歳は男性の平均寿命と言われていた。そこで、私は、父と同じ75

歳までは生きたいと思う。可能なら、今の男性の平均寿命といわれる80歳まで生きたいと思う。私は72歳だから、あと3年～8年である。

生きるにしても、自立できる状態で生きたい。病院のベッドにくくり付けられたり、老人施設での寝たきりの介護は出来れば避けたい。自宅で死ねれば最高である。私は、このために出来る範囲で運動したり、食事に注意して、お医者さんの指示を守り、日々の生活を過ごしている。

4月から今まで、この冊子を書くことが日々の目標だったが終わってしまった。これからは何か新しい目標を見つけ、生活を充実させなければいけないと考えている。折り紙や俳句などは私に向いているかもしれないと思っている。しかし、これらは目標設定や達成感が今いちだと思っている。

また、楽しみも何か見つけたい。すぐ思いつくのは旅行と外食である。旅行は遠出はできない。日帰りか日曜日に宿泊する1泊2日である。今はコロナで不可能だが、これが落ち着いたら考えたい。外食は近くの美味しい「ウドン」や「ラーメン」でよい。焼肉、寿司、天ぷら、刺身、ウナギなどは高カロリーだし、飽きる。これらはたまに食べればよい。

五木寛之さんによると、人は宿命と運命を自覚することが重要らしい。『宿命』は人が生まれた時から、一人一人に宿った環境である。これはいくら努力しても死ぬまで絶対に変えられない。例えば、両親、生まれた国・地域、遺伝的性質、身体的特徴などである。一方『運命』は偶然や努力によって変えられる、あるいは変わることがある。

私は当初、透析になったのは運命だと考えていた。しかし、私は年齢的に腎臓移植はないので、透析から逃れる偶然はありえない。この時点で、私にとって透析は宿命になってしまった。宿命からは一生逃れられない。私は、これを覚悟して、1日1日を大事にして、生き甲斐を持ち、お世話になっている人々への感謝の気持ちを大事にして過ごして生きたいと思う。

そして、折々に本書を読み返し、昔のすてきな思い出に耽り、少しでも長く、穏やかな時間を過ごしたい。

# 12　あとがき

私は、2019年1月、71歳で人工透析という宿命に出会った。当初は喪失感に襲われ、何もやる気が起こらなかった。しかし、透析開始から半年くらい経過し、透析生活の現実を少し知り、私は自分の宿命を覚悟した。そして「自分の人生は何だったろうか」、「これからどう生きていくか」ということを、人工透析ベッドの上で少しずつ考えるようになった。

その過程で、私は父、母、姉のことを思うようになった。先に逝った父、母、姉の生き方を参考にしようと思ったからである。しかし、残念ながら私は父、母、姉のことを殆ど知らないことに気付いた。幾つかの表面的、断片的な記憶はあるが肝心な点（父、母、姉の苦悩など）を私は知らない。そこで、少ないながらも家族（父、母、姉）との思い出（記憶）を残そうと考えたのが、本書を書こうと思ったキッカケである。

その後、私は、「現在の家族（妻、長男、長女）にも、私と同じ思いをさせてはいけない」と考えた。そして、私の生き様（『生い立ち』、『悩み』、『苦しみ』、『楽しみ』など）を記録に残そうと思うようになった。そういうことで出来上がった本書は予想外に分量が多くなってしまった。考えている過程で次々と私の昔の思い出（記憶）が湧いてきたからである。しかし、これは多ければ、多いほど人生の彩りが豊かになると考え、思いつくものは記述した。

また、もう一つの本書の目的は、私の家族に「私のことを忘れないで欲しい」という思いである。「去る者は日々に疎し」という諺もある。私は、死んだら私の仏壇の傍に本書を供えて置いて欲しいと考えている。法事の時にでも気付いてもらえば良い。

私は、生来、病弱で、小心者で、恥ずかしがりやで、天与の才能もなく、「何かをしたい。何になりたい」といった意思もなく、周囲に振り回されて生きてきた気がする。こんな私が本書に示したような人生を送ることが出来た。今になって考えると「これは奇跡としか思えない」と、天（太陽）に感謝している。なぜ奇跡が起きたのだろうか。それは運命としか思えない。運命は誰に、いつ、どのように降りかかるか分からない。宝クジに当選するようなものだろう。だから不遇な時でも運命を信じて、あきらめず真面目に生きていくことが大事かも知れない。

長男と妻は2度にわたり校正を手伝ってくれた。私の記憶違いなどを沢山指摘してくれた。心から感謝したい。また製本にあたっては大川市の（株）プリンティングコガさんにお世話になった。心からお礼を申し上げたいと思う。

以上は、本著を２０２０年8月にＡ４版（横書き）で、冊子として作成したときの「あとがき」である。私は、その後、この冊子をお世話になった人々に進呈した。さらに、２０２1年5月に、文芸社の「人生十人十色大賞」に応募した。同年10月に発表された結果は落選だった。

その後、２０２２年4月、文芸社の編成企画部の方から自費出版のお誘いがあった。私は悩んだが、出版すると国立国会図書館に1冊納本されることから、自費出版をお願いすることに決めた。国立国会図書館への納本は、「私が生きたことへの証」になると考えたものである。本著が出版され（2022年末の予定）、納本されたら国会図書館に出向き確認したいと考えている。

最後に、今までお世話になったすべての方々に感謝したい。

両親、親戚、学校関係者（小、中、高、大）、勤務した会社関係者（上司、同僚、部下）、取引先のお客様、地域住民の方々などである。

本当に沢山の方々にお世話になった。ありがとうございました。

最近では、毎日のようにお世話になっている家族と、大川市にある国際医療福祉大学・高邦会グループの高木病院（人工透析センター）のスタッフの皆さんには特に感謝したい。ありがとうございました。

ここまで書いたら、遺書みたいになってしまった。「それでもいいかな」と思っている。

福岡県大川市の自宅にて　２０２２年６月　水落　統一（みずおち　とういち）

# 13 引用・参考文献

(1) 「大河の一滴」 著者：五木寛之 出版：幻冬社
(2) 「生き方」 著者：稲盛和夫 出版：サンマーク出版
(3) 「生きかた上手」 著者：日野原重明 出版：ユーリーグ
(4) 「不幸な国の幸福論」 著者：加賀乙彦 出版：集英社新書
(5) 「置かれた場所で咲きなさい」 著者：渡辺和子 出版：幻冬社
(6) 「学問のすすめ」 著者：福沢諭吉 出版：岩波書店
(7) 【演歌の歌詞】
① 夜明けのメロディー 作詞：五木寛之
② 吾亦紅 作詞：ちあき哲也
③ 帰らんちゃよか 作詞：関島秀樹
④ 男の友情 作詞：高野公男
⑤ 帰れないんだよ 作詞：星野哲郎

# 14　付録（好きな歌の歌詞）

私は、最近以下に示す歌をスマホで聴いている。

①「夜明けのメロディー」
②「吾亦紅（われもこう）」
③「帰らんちゃよか」
④「男の友情」
⑤「帰れないんだよ」

右記の歌詞を次頁以降に貼付する。また、私が、これらの歌詞が好きな理由を以下に示す。

(1)「夜明けのメロディー」
10年くらい前にＮＨＫ「ラジオ深夜便」の午前3時からの特集で何回も聞いていた。当時の私の心境にそっくりだった。

(2)「吾亦紅（われもこう）」
私の「母」を思う心境とそっくりで共感した。また、歌詞の途中に出てくる、以下のフレーズが、母の環境とそっくりだった。

「今はいとこが　住んでる家に　昔みたいに　灯りがともる　あなたは　あなたは　家族も遠く……」

(3)「帰らんちゃよか」
両親と遠く離れた場所で働く私が、父・母を思う心境とそっくりだった。詩が熊本弁なのも共感した。

(4)「男の友情」
透析で、長く住んだ東京・横浜には行けないと覚悟した。私が、福岡・大川市から東京・横浜を思う心境に合致した。

(5)「帰れないんだよ」

独身時代になかなか帰省できなかった時の私の心境に似ていた。特に、帰りたいのに「帰れない」というタイトルが身に沁みた。

## (1) 夜明けのメロディー

作詞：五木寛之
作曲：弦哲也
歌手：ペギー葉山

朝の光が　さしこむ前に
目覚めて　孤独な　時間が過ぎる
あの友は　あの夢は　今はいずこに

還（かえ）らぬ季節は　もう
忘れてしまえばいい
すてきな思い出だけ　大事にしましょう
そっと　口ずさむのは　夜明けのメロディー

花のいのちは　みじかいけれど
重ねた　歳月（としつき）背中に重い
歓びも　悲しみも　みんな人生

愛して　別れて　また
どこかで逢えればいい
ちいさな幸せでも　大事にしましょう
そっと　口ずさむのは　夜明けのメロディー

（以下、略）

## (2) 吾亦紅（われもこう）

作詞：ちあき哲也
作曲：杉本真人
歌手：すぎやままさと

マッチを擦れば　おろしが吹いて
線香がやけに　つき難（にく）い
さらさら揺れる　吾亦紅
ふと　あなたの　吐息のようで

盆の休みに　帰れなかった
俺の杜撰（ずさん）さ　嘆いているか
あなたに　あなたに　謝りたくて

仕事に名を借りた　ご無沙汰
あなたに　あなたに　謝りたくて
山裾の秋　ひとり逢いに来た
ただ　あなたに　謝りたくて

小さな町に　嫁いで生きて
ここしか知らない　人だった
それでも母を　生き切った
俺、あなたが　羨ましいよ
今はいとこが　住んでる家に
昔みたいに　灯りがともる
あなたは　あなたは　家族も遠く
気強く寂しさえを　堪えた

あなたの　あなたの　見せない疵（きず）が
身に沁みて行く　やっと手が届く

ばか野郎と　なじってくれよ

親のことなど　気遣う前に
後で恥じない　自分を生きろ
あなたの　あなたの　形見の言葉
守れた試しさえ　ないけど
あなたに　あなたに　威張ってみたい
来月で俺　離婚するんだよ
そう、はじめて　自分を生きる

あなたに　あなたに　見ていて欲しい
髪に白髪が　混じり始めても
俺、死ぬまで　あなたの子供

## (3)　帰らんちゃよか

作詞：関島秀樹
作曲：関島秀樹
歌手：島津亜矢

そりぁときどきゃ　俺たちも
淋しか夜ば過ごすこつも　あるばってん
二人きりの　暮らしも長うなって
これがあたりまえのごつ　思うよ

どこかの誰かれが　結婚したとか
かわいか孫のできたて聞くとも　もう慣れた
ぜいたくば言うたら　きりんなか

元気でおるだけ　幸せと思わんなら
それでどうかい　うまくいきよっとかい
自分のやりたかこつば　少しはしよっとかい
心配せんでよか　心配せんでよか
けっこう二人で　けんかばしながら暮らしとるけん
帰らんちゃよか　帰らんちゃよか
母ちゃんもおまえのこつは　わかっとるけん

そらぁときどきゃ　帰ってきたり
ちょこちょこ電話ばかけてくるとは　うれしかよ
それにしたって　近頃やさしゅなったね
なんか弱気になっとっとじゃ　なかつかい
田舎があるけん　だめなら戻るけん
逃げ道にしとるだけなら　悲しかよ

親のためとか　年のせいとか
そぎゃんこつば　言訳にすんなよ
それでどうかい　都会は楽しかかい
今頃後悔しとっとじゃ　なかっかい
心配せんでよか　心配せんでよか
父ちゃんたちゃ　二人でなんとか暮らしてゆけるけん
帰らんちゃよか　帰らんちゃよか
今度みかんばいっぱい　送るけん

心配せんでよか　心配せんでよか
親のために　おまえの生き方かえんでよか
どうせおれたちゃ　先に逝くとやけん
おまえの思うたとおりに　生きたらよか

## (4) 男の友情

作詞：高野公男
作曲：船村徹
歌手：青木光一

昨夜（ゆうべ）も君の　夢見たよ
なんの変りも　ないだろね
東京恋しや　行けぬ身は
背のびして見る　遠い空
段々畑の　ぐみの実も
あの日のまゝに　うるんだぜ

流れる雲は　ちぎれても

いつも変らぬ　友情に
東京恋しや　逢いたくて
風に切れ切れ　友の名を
淋しく呼んだら　泣けて来た
黄昏（たそがれ）赤い　丘の径（みち）

田舎の駅で　君の手を
ぐっとにぎった　あの温み
東京恋しや　今だって
男同士の　誓いなら
忘れるもんかよ　この胸に
抱きしめながら　いる俺さ

## (5) 帰れないんだよ

作詞：星野哲郎
作曲：臼井孝次
歌手：ちあきなおみ

そりゃ死ぬほど　恋しくて
とんで行きたい　俺だけど
秋田へ帰る　汽車賃が
あれば一月　生きられる
だからよ　だからよ　帰れないんだよ

こんな姿を　初恋の
君に見せたく　ないんだよ

男の胸に　だきしめた
夢が泣いてる　裏通り
だからよ　だからよ　帰れないんだよ

今日も屋台の　やきそばを
俺におごって　くれた奴
あいつも楽じゃ　なかろうに
友の情が　身にしみる
だからよ　だからよ　帰れないんだよ

## 著者プロフィール

**水落 統一**（みずおち とういち）
昭和22年（1947年）生まれ。
福岡県出身。
佐賀大学卒業。
大手電機メーカー勤務。情報システム開発に従事。

**私が歩んだ道** ―人工透析のベッドから―

---

2022年11月15日　初版第１刷発行

著　者　水落 統一
発行者　瓜谷 綱延
発行所　株式会社文芸社
〒160-0022　東京都新宿区新宿1－10－1
電話　03-5369-3060（代表）
03-5369-2299（販売）

印　刷　株式会社文芸社
製本所　株式会社MOTOMURA

---


ISBN978-4-286-25063-2　JASRAC　出2206696－201